Ulrich Knellwolf
Tod in Sils Maria

Ulrich Knellwolf
Tod in Sils Maria

13 üble Geschichten

Arche

1. Auflage Oktober 1993
2. Auflage Januar 1994
3. Auflage Februar 1994
4. Auflage März 1994
5. Auflage Mai 1994

Umschlag: unter Verwendung von Otto Wylers Plakat
Winter in der Schweiz, 1924
Satz: Uhl + Massopust, Aalen
Druck, Bindung: Ebner Ulm
Printed in Germany
ISBN 3-7160-2166-0

Tod in Sils Maria

Riß im Schnee

»Wo ist mein kleines schwarzes Portemonnaie? Hast du mein kleines schwarzes Portemonnaie gesehen?«

Walter hatte es nirgends gesehen, Esthers kleines schwarzes Portemonnaie.

»Du brauchst doch kein Portemonnaie! Ich habe meins dabei.«

»Und wenn ich eigene Wege fahre?«

Esthers fortwährender Freiheitsdrang.

»Oder wenn wir einander verlieren? Ohne eigenes Portemonnaie kann ich nicht einmal eine Suppe essen oder einen Kaffee trinken.«

Sie fand es endlich unter dem Taschentuch auf dem Nachttisch. Sie zählte das Geld. Es genügte für eine Suppe und einen Kaffee.

Wegen der Suche nach dem Portemonnaie verpaßten sie die Luftseilbahn um neun Uhr zwanzig und konnten erst um neun Uhr vierzig nach Furtschellas hinauffahren. Die Sonne brannte schon auf die Hänge, der Schnee begann, an manchen Stellen sulzig zu werden.

»Die schwarze Piste?« fragte Walter.
Die schwarz markierte Piste war die schwierigste.
»Ich mag sie nicht«, sagte Esther. »Ich mag überhaupt keine Pisten. Komm, wir fahren durch die Waldschneise.«
»Und die Lawinen?« wollte Walter fragen, doch er unterließ es. Sie liebte Variantenskifahren über alles.
Esther fuhr die Waldschneise hinunter, wie immer voraus. Walter folgte, wie immer mit Abstand.
Sie fuhr wahrhaft himmlisch. Eine Augenweide. Mit schlankem, aufrechtem Oberkörper, während sich die Bewegung aus den Hüften mühelos auf die Bretter übertrug. Hinter ihr, als wäre sie ein Komet, wirbelte in elegantem Bogen ein Schweif aus Schnee. Tief unten glänzte das Band der zugefrorenen Seen wie Silber im Sonnenschein.
Walter fuhr kein bißchen schlechter als Esther. Er bewältigte die Schneise so sicher wie sie. Nur daß sich nach ihm niemand umgedreht hätte.
»Die Freude ist ihr noch am Rücken anzusehen«, sagten die Leute, wenn sie einmal auf der Piste fuhr.
Esther wartete dort, wo die Föhren aufhörten. Mit einem weichen Bogen war sie stehengeblieben. Walter zog seinen Bogen etwas eckiger oberhalb des letzten Stammes.
Vor ihnen lag, unberührt und wie Brillanten blitzend, ein breites Schneefeld, von dem sie wußten, daß es ein paar hundert Meter weiter unten über den Felsen

endete. Sie würden sich etwas höher nach links halten müssen, zum Wald hinüber, um sich den Weg zwischen den Föhren in die Talsohle hinab zu suchen. Doch jetzt lockte zuerst das Schneefeld.

»Am liebsten führe ich geradewegs hinunter«, rief Esther mit vor Freude gerötetem Gesicht. »Bis unten!« Sie zog die rosa Mütze mit dem Band aus Wollblumen in die Stirn.

In diesem Augenblick sah Walter den Riß. Er öffnete sich quer durch den Hang, unmittelbar unterhalb der letzten Stämme. Walter stand diesseits, Esther jenseits.

Der Riß vergrößerte sich in Sekundenschnelle zu einer Spalte, und dort, wo Esther stand, begann der Hang bereits zu rutschen.

»Was ist das? Halt mich fest!« schrie Esther. Sie streckte ihm die Hand entgegen.

Walter blieben nicht mehr als fünf Sekunden, um seinen Arm auszustrecken, Esthers Hand zu ergreifen und sie mit aller Kraft festzuhalten. Die fünf Sekunden waren eine Endlosigkeit, während der Walter und Walter unversöhnlich miteinander stritten. Und als sie stritten, sah Walter auf der Leinwand des rutschenden Schneefelds ein Bild. Er sah sich selbst, wie er Hand in Hand mit einer fremden Frau über die zugefrorenen Seen spazierte, mit ihr zu den glänzenden Schneefeldern hinaufschaute und wie sie keinen Gedanken darauf verwandten, hinaufzusteigen und ihre Spuren hineinzuzeichnen, sondern zum Hotel zurückkehrten, in dem gut geheizten, freundlich eingerichteten Zimmer saßen, ihre Bücher nahmen und bis zum Nachtessen zwei Stunden lasen.

Der Streit war vorbei, die Entscheidung gefallen. Die flehende Stimme jenseits des Risses hatte verloren. Walter streckte den Arm nicht aus. Es wäre auch zu spät gewesen. Esther war schon zu weit weg von ihm. Sie hatte das Gesicht zu ihm gekehrt und schaute ihn mit aufgerissenen Augen an. Dann verschlang sie die rutschende Schneeflut.

»Walter!« schrie es langgedehnt aus dem donnernd zu Tal stürzenden Schnee.

Am Abend war Esther noch immer nicht gefunden. Bei einbrechender Dunkelheit mußte die Suche eingestellt werden. Die Fachleute machten Walter keine Hoffnung mehr.

Er hatte viel zu tun. Die nächsten Verwandten mußten benachrichtigt werden, die Familie von Esthers Bruder und die seiner Schwester, dann die besten Freunde. Die Leiter des Rettungseinsatzes wollten Auskünfte haben. Direktion und Personal des Hotels waren rührend um ihn besorgt.

Gegen elf Uhr abends konnte er sich endlich in sein Zimmer zurückziehen. Er schloß hinter sich ab. Überall lagen Esthers Sachen herum. Er legte ihre Kleider vom Sessel auf ihr Bett. Dann holte er die Flasche Scotch aus dem Kühlschrank. Er goß sich ein Glas voll, setzte sich in den Sessel, legte die Füße auf das Tischchen, trank einen großen Schluck, nahm das Buch und schlug es dort auf, wo er am Abend vorher aufgehört hatte zu lesen.

Tod in Sils Maria

Schlegel hatte sich auf das Schlimmste gefaßt gemacht. Was er jetzt sah, übertraf jedoch alles bei weitem. Wo um Himmels willen hatte nur seine Tochter ihren Verstand gelassen? Und, fügte er mit fast noch größerem Bedauern hinzu, den Geschmack?
Sie hatte ihm Mitte Januar geschrieben, daß sie dieses Jahr nicht allein ins Engadin kommen werde. Noch im Neujahrsbrief, als sie ihm für die Perlenohrringe dankte, die er ihr zu Weihnachten geschickt hatte, schrieb sie nur von einer Überraschung, die er bald erleben werde. Er hatte gleich vermutet, daß es eine Männergeschichte sei, und diesmal eine ernsthafte, wenn Lilian schon davon redete. Bisher hatte sie über dergleichen Dinge strikt geschwiegen. Hie und da war er auf Spuren von Männern in ihrem Leben gestoßen. Zum Beispiel letztes Jahr, als er geschäftlich in London zu tun gehabt und zwei Nächte in Lilians Wohnzimmer auf der Couch geschlafen hatte. Er hatte sich beim Rasieren geschnitten und in ihrem Toiletten-

schrank ein Pflaster gesucht. Dabei hatte er nicht nur ein komplettes Rasierzeug gefunden, sondern auch ein Paar Manschettenknöpfe, schöne übrigens. Der Mann schien Geschmack zu haben.

Hätte Lilian keine Freunde gehabt, hätte ihn das beunruhigt. Immerhin war sie siebenundzwanzig, und er nahm nicht an, daß die Stelle bei Brown & Masters, der internationalen Literaturagentur, spezialisiert auf strategische Studien, sie bis an ihr Lebensende ausfüllen werde. Er zog es vor, über die private Seite ihres Lebens nicht zuviel wissen zu wollen. So freute er sich jedes Jahr auf die zehn Tage Skiferien, die sie miteinander im Engadin verbrachten.

Wer den älteren Herrn und die junge Frau beobachtete, wie sie miteinander am Tisch saßen, sich lachend unterhielten, wie er manchmal liebevoll mit seiner Hand über die ihre strich oder sie küßte, konnte sie für ein Liebespaar halten. Chef und Sekretärin etwa, die ein paar verliebte Tage miteinander Ferien machten. Und doch waren sie Vater und Tochter, er, Wirtschaftsjurist mit Praxis an bester Zürcher Adresse, und sie, wie gesagt, in London lebend, seit sie siebzehn war.

Sie hatten sich erst spät näher kennengelernt. Kurz nach Lilians Geburt war Schlegels Ehe am Ende gewesen. Er hatte auf alle Ansprüche auf das Kind verzichtet. Seine Frau war mit der Tochter nach Genf gezogen und hatte einen südamerikanischen Millionär geheiratet, von dem sie inzwischen wieder geschieden war. Die Tochter wurde in ein teures Internat im Engadin geschickt, wo sie bis kurz vor der Matura blieb. Dann meinte die Mutter, sie müsse Englisch lernen und schickte sie nach London.

Den Vater hatte Lilian in all den Jahren nicht ein einziges Mal zu Gesicht bekommen, nur sein Geld, das pünktlich eintraf. Dann brachte die Post eines Tages im Dezember einen Brief von ihm mit der Frage, ob sie nicht Lust hätte, Anfang Februar für einige Tage mit ihm zum Wintersport nach Sils Maria zu fahren. Für die Kosten, inklusive Flug, komme er selbstverständlich auf.

Die Ferien gelangen rundum. Seitdem betrachtete Lilian ihren Vater als einen Freund, den sie jedes Jahr im Winter an den zugefrorenen Engadiner Seen wiedersah und von dem sie sich zehn Tage lang verwöhnen ließ.

Schlegel gestand sich ein, daß bei dem Urteil über seinen möglichen Schwiegersohn eine Portion Eifersucht mit im Spiel war. Er nahm sich daher vor, sich durch seine Gefühle nicht zum Narren machen zu lassen. Dennoch wollte er nicht glauben, daß an dem niederschmetternden Eindruck von dem Freund seiner Tochter nur gekränkte Männlichkeit schuld war.

Aus Lilians Brief wußte er, daß der Mann und er fast gleich alt waren. Schlegel war dreiundsechzig, und der, der sein Schwiegersohn werden sollte, war vierundsechzig. Er empfand das fast als Blutschande. Aber er wollte sich den alten Lüstling, wie er ihn in Gedanken nannte, erst einmal anschauen, bevor er ein Urteil fällte.

Alles andere, was Lilian schrieb, hätte ihm als Vater eigentlich nur recht sein können. Der Mann war kein Nobody. Sir Geoffrey Bell war alleiniger Inhaber des traditionsreichen Londoner Verlagshauses Highway, Fitzwater and Bell und geschäftlich, was Schlegel herauszufinden nicht schwerfiel, mit bedeutenden Firmen, vorzugsweise Banken, verbunden. In der Grafschaft Kent besaß er Cottingham Castle, ein respektables Anwesen mit einem Herrenhaus aus der Zeit Elizabeths I. Bells Vermögen wurde auf eine dreistellige Zahl von Millionen Pfund geschätzt. Sir Geoffrey war seit drei Jahren geschieden. Seine Ehe mit einer der wenigen international bekannten Polospielerinnen war kinderlos geblieben.

Dies alles klang nicht schlecht. Nur daß er vierundsechzig war, ein Jahr älter als er selbst, fand Schlegel als Lilians Vater pervers.

Auf der Fahrt ins Engadin hatte er heftig und tapfer gegen die abscheulichen Bilder gekämpft, die in ihm aufsteigen wollten. Seine Tochter mit einem Greis im Bett. Zittrige Hände, die ihr junges Fleisch streichelten. Lilian, einen arteriosklerotischen Idioten im Rollstuhl schiebend.

Er unterdrückte die Bilder mit Gewalt. Im Hotel, wo er seit Jahrzehnten bekannt war, schritt er mit Todesverachtung an der Tür des Doppelzimmers vorüber, hinter der vom nächsten Abend an seine Tochter mit dem alten Mann das Bett teilen sollte. Bei seiner telefonischen Rückfrage in London hatte sie ausdrücklich auf einem Doppelzimmer bestanden.
Was Schlegel nun aber um zwölf Uhr mittags auf dem Bahnhof von St. Moritz zu Gesicht bekam, war schlimmer als alles, was er sich in den schlimmsten Alpträumen ausgemalt hatte. Zuerst stieg Lilian aus dem Zug. Sie war noch schöner geworden mit ihrem hellbraunen Haar und einer Figur, die jedem Mann den Atem rauben konnte. Glück macht schön, dachte Schlegel. Aber dann folgte ein dicker kleiner Mann, mindestens anderthalb Kopf kleiner als Lilian, mit einem Kugelbauch auf kurzen Beinen und nach außen gerichteten Plattfüßen. Halslos hockte ein runder Schädel auf den Schultern, halb kahl und in der Mittagssonne schweißig glänzend. Eine Nase wie eine Kartoffel, der Mund dicklippig, wie zum Austernschlürfen geformt. Bald merkte Schlegel, daß der Mann auch noch redete, als verschlänge er Austern um die Wette. Sir Geoffrey steckte in einem Pelzmantel, der aus ihm einen übergewichtigen Säugling machte.
Was war nur in Lilian gefahren? So fragte sich Schlegel und ging auf die beiden zu. Und sogleich merkte er, daß alles anders geworden war.

Früher hatte Lilian ihn zur Begrüßung auf den Mund geküßt. Jetzt bekam er nicht mehr als zwei flüchtige Wischer auf die Wangen. Die Hand des Mannes fühlte sich an wie ein grätenloser Fisch. Schlegel sah auf die Würstchenfinger hinunter und bemerkte manikürte Nägel, die wie aufgesteckte Pailletten von den Fingerenden abstanden. Während der folgenden Tage vermied er es, diese Hände zu berühren. Ihm war, als könnte er sich an ihnen mit einer heimtückischen Krankheit anstecken.

Er hatte ein Taxi bestellt, das außerhalb des Bahnhofs auf sie wartete. Lilian eilte voraus, Sir Geoffrey folgte, neben Schlegel herwatschelnd. Er stieß ihn an und machte mit seinen Pesthänden eine Bewegung, als streichle er ihr über den Po. Dann führte er die Finger der rechten Hand an den aufgeworfenen Mund und schmatzte so widerlich, daß Schlegel übel wurde.

Die Fingerspitzen an den Lippen und dazu das Schmatzen wiederholten sich an diesem Abend bis zum Erbrechen. Einmal galt es dem Zimmer, insbesondere den Betten, dann dem Wein, dem Hauptgang des Nachtessens und, besonders widerlich, dem jungen italienischen Kellner.

Nach dem Essen tranken alle drei in der Halle einen Whisky. Aber Schlegel wollte es so schnell wie möglich hinter sich bringen und sagte, er nehme an, sie seien müde von der langen Reise. Er freue sich, erwiderte Sir Geoffrey schlürfend, auf das Zimmer und das Bett, und führte schon wieder unter Grunzen und Schmatzen die Wurstzipfel der rechten Hand an den Mund.

Bisher war der Augenblick vor Lilians Zimmertür beim Gutenachtsagen für Schlegel etwas vom Schönsten in den Ferien gewesen. Er hatte einen Kuß auf die Lippen bekommen, die warme Nähe seiner Tochter gespürt und ihr Parfum gerochen.

Heute gab es nichts als eine flüchtige Wangenberührung links und rechts und »Gute Nacht«, dazu die schleimige Vorfreude der dicken Witzfigur. Schlegel eilte verzweifelt in sein Einzelzimmer, während er sich vorstellte, was der Gnom jetzt mit seiner Tochter anstellte.

Als er in dieser Nacht wach im Bett lag und an der Grenze zum Verrücktwerden mit einem Teil seiner selbst stritt, der nicht aufhören konnte, wie eine Pornographiedruckerei die scheußlichsten Bilder zu produzieren, beschloß Schlegel, Sir Geoffrey umzubringen. Es gab nur diesen Weg, um Lilian vor dem Unglück ihres Lebens zu bewahren. Wie er es tun wollte, wußte er noch nicht. Aber es mußte in diesen Tagen geschehen, bevor das Verhängnis unabwendbar war.

Im hellen Licht des Morgens fragte er sich, ob er in der Nacht die Tragweite seines Entschlusses auch richtig abgewogen habe. Er nahm sich vor, zuerst die beiden zu beobachten und dann zu entscheiden. Er mußte

wissen, ob es Lilian mit dem Feisten wirklich ernst war. Wäre es doch möglich, daß es sich um eine vorübergehende Verirrung handelte.
Aber nicht eine Spur davon war zu erkennen. Im Gegenteil. Lilian und ihr englischer Gartenzwerg gingen, wann immer es sich machen ließ, Hand in Hand, und Schlegel kam sich vor wie ein Hund, der zuschauen muß, wenn sich seine angebetete Herrin von einem Wüstling knutschen läßt. Sogar beim Essen warfen sich die beiden verliebte Blicke zu und küßten sich zwischendurch immer wieder. Schlegel verging der Appetit.
Als er am dritten Tag einen Augenblick lang mit seiner Tochter allein war – sein zukünftiger Schwiegersohn mußte plötzlich zur Toilette, und Schlegel kam sofort der Verdacht auf ein Prostataleiden –, versuchte er, ihr auf den Zahn zu fühlen. Lilian aber lachte, legte ihm die Hand auf den Arm und sagte: »Eifersüchtig? Aber, aber Papa.« Darauf flirtete und schmuste sie noch unverschämter mit diesem großbritannischen Schweinchen Dick.
Schlegel war sich im klaren, daß er seiner Tochter weh tun würde. Aber er sagte sich, daß der kurze, tiefe Schmerz viel leichter zu ertragen sei als ein endlos verzweifeltes Leben. Diese Überlegungen stärkten ihn in seinem Entschluß. Es galt nur noch, einen günstigen Augenblick abzuwarten.
Bis dahin wurden ihm die Tage zur Qual. Die weiß-

schimmernden Bergketten verwandelten sich vor seinen Augen in den hingestreckten Körper seiner Tochter, und die Wolken am Himmel waren Sir Geoffreys lüsterne Finger, die darüber hinstrichen.
Jedoch, als schlage plötzlich Hitze in Kälte um, war für ihn alles bald nur noch eine Frage der Technik. Er lud Sir Geoffrey zu Spaziergängen ein, wenn dieser nicht Lilian zum Skilift begleitete. Er versuchte so, sein Vertrauen zu wecken. Das war nicht schwer. Sir Geoffrey tat, als wären sie zwei Verschworene, und behandelte Schlegel, obwohl dieser ein Jahr jünger war, mit der einem Schwiegervater gebührenden, etwas mitleidigen Pietät.
Nach einer Woche endlich ergab sich die Gelegenheit. Das strahlende Hoch brach zusammen. Schneefall war angesagt. Schlegel hatte eben erst Sir Geoffrey dazu bewogen, ein Paar Langlaufski zu mieten und sich unter seiner Führung – Lilian zog Abfahrt vor – auf die einfachsten Loipen zu wagen. Der Engländer stellte sich zuerst sehr ungeschickt an, aber Schlegel ließ nicht nach. Schließlich schien Sir Geoffrey am Skilaufen sogar Gefallen zu finden, und sei es nur, um seiner Braut mit seinen sportlichen Leistungen Eindruck zu machen. Beim Nachtessen erzählte er, Fingerspitzen an den Lippen, mit schlürfender Begeisterung von seinen Abenteuern und wünschte, am nächsten Tag unbedingt wieder auf die Loipe zu gehen.
Um halb zwölf brachen sie nach einem reichlichen

Frühstück auf. Die Sonne war nicht zu sehen, die Wolken hingen tief. Doch als Sir Geoffrey das Gesicht verzog, nahm ihn Schlegel bei der Ehre. Sie brauchten unendlich lange, bis sie im Fextal waren. Der Dicke dampfte wie eine überhitzte Lokomotive, spielte aber den Tapferen, und Schlegel stachelte ihn unentwegt an, indem er alle zehn Minuten fragte, ob sie nicht umkehren sollten. Sir Geoffrey wäre sogar bereit gewesen, den Mount Everest auf Langlaufskiern zu besteigen. Im Restaurant am Ende des Fextals waren sie fast die einzigen Gäste. Der Engländer war am Ende seiner Kraft, und Schlegel fragte sich bereits, ob es überhaupt noch besonderer Vorkehrungen bedürfe, um sich seiner zu entledigen.

Doch Sir Geoffrey wollte sich um nichts in der Welt unterkriegen lassen. Eifrig löffelte er die Gerstensuppe, trank Veltliner dazu und schließlich zum Kaffee eine doppelte Grappa, die Schlegel ihm aufdrängte, indem er ihn davor warnte.

Auf dem Rückweg schneite es in großen Flocken, als fielen Leintücher vom Himmel. Froh, fünf, sechs Meter Loipe vor sich zu erkennen, glitten sie vorwärts, Sir Geoffrey voran, Schlegel, ihn antreibend, hinterher. Wein und Grappa wirkten. Schon auf halbem Weg beim Gasthaus Sonne war Sir Geoffrey ein Wrack, wollte Station machen, aber Schlegel ließ nicht locker. Ein Glück, daß keiner der Pferdeschlitten dastand, Sir Geoffrey hätte keinen Schritt mehr getan.

Unterhalb des Gasthauses lenkte Schlegel ihn vom breiten Weg ab nach rechts. Zehn Minuten später standen sie dort, wo ein Fußweg von der Loipe abzweigt und durch ein Tobel nach Sils hinunterführt. Zu sehen war nichts. Außer dem dichten Schneefall, der jeden der beiden wie in eine Kabine aus Milchglas einschloß.

»Dies ist eine Abkürzung, nicht ganz einfach, aber wir können den Weg nicht verfehlen«, rief Schlegel, wohl wissend, daß kein Mensch auf Langlaufskiern heil hinunterkam.

»Nehmen wir sie«, keuchte Sir Geoffrey, hörbar erleichtert.

»Dann fahren Sie voraus! Frisch drauflos! Es passiert schon nichts.«

Und der Dicke fuhr. Sofort entwickelte er eine Geschwindigkeit, die ihm jede Herrschaft über die Bretter nahm. Vor ihm lag, unsichtbar im Schneefall, der Abgrund. Die Schußfahrt schien ihm zu gefallen. Schlegel sah noch, wie er verwegen die Arme hob, und hörte einen grunzenden Jauchzer.

Dann kamen die Felsabstürze. Schlegel sah nichts mehr, hörte nichts. Kein Krachen, nichts. Alles war verschneit.

Er ließ sich Zeit. Er schaute nicht nach, sondern kehrte auf die Loipe zurück und war eine halbe Stunde später in Sils. Er erkundigte sich nach dem Polizeiposten. Eine weitere Stunde verging, bis eine Patrouille

sich im Schneesturm aufmachte, um das Tobel abzusuchen. Sir Geoffrey wurde gefunden, ein Sack voll zerschlagener Knochen und schrecklich entstellt.
Lilian erstarrte, als sie von Furtschellas zurückkam und Schlegel ihr das Unglück so schonend wie möglich mitteilte. Sie zog sich sogleich auf ihr Zimmer zurück. Später mußte sie der Polizei einige Fragen beantworten. Sie tat es mit einer Fassung, die Schlegel erschreckte. Nachdem sie eine Kleinigkeit zusammen gegessen hatten, begleitete er sie bis an die Zimmertür. Zum erstenmal in diesen Ferien bekam er einen Kuß auf die Lippen.
Lilian wollte den Leichnam nicht sehen. Sie wünschte, daß er kremiert und die Urne nach London überführt würde. Sie bat ihren Vater, die Formalitäten für sie zu erledigen. Sie selber reiste sogleich ab. Schlegel, ganz väterlicher Jurist, begleitete sie zum Bahnhof in St. Moritz. Bei der Abfahrt des Zuges winkten sie einander verhalten zu. Er kehrte ins Hotel zurück.
Schlegel brauchte zwei Tage, um alles zu ordnen. Jeden Tag rief er dreimal in London an, um sicher zu sein, daß Lilian keine Dummheit beging. Am dritten Tag buchte er für den Abend einen Flug von Zürich nach London. Er wollte seine Tochter jetzt nicht allein lassen. Dann fuhr er auf dem Beifahrersitz des schwarzen Leichenwagens nach Chur, wo Sir Geoffreys sterbliche Überreste eingeäschert wurden. Man fragte ihn, ob er die Urne gleich mitnehmen wolle. Er ver-

neinte, schrieb die Londoner Adresse auf und bezahlte die Speditionskosten im voraus. Er fuhr weiter nach Zürich. In seiner Praxis gab es nichts als die üblichen Briefe. Er hatte das Taxi warten lassen und war deshalb schnell zu Hause. Frau Ingold, seine Haushälterin, kondolierte und fragte, ob er etwas zu essen wünsche. Er schüttelte den Kopf.

»Holen Sie meinen Flugkoffer. Ich muß zu ihr.«

Frau Ingold hatte die Post säuberlich auf seinen Schreibtisch gelegt. Links die Zeitungen, in der Mitte die Drucksachen, rechts die persönlich adressierten Briefe. Nichts von Bedeutung darunter. Im Telefax lag ein Brief. Auf Englisch. Er erkannte Lilians Handschrift sofort. Seine Hände zitterten, als er danach griff. Er las.

»Mein geliebter Papa,

ich teile Dir mit, daß ich heute ein Gespräch mit Geoffreys Anwalt hatte. Er bestätigte mir, was ich schon wußte, daß Sir Geoffrey mich für den Fall seines Ablebens als Alleinerbin eingesetzt hat. Du brauchst Dir folglich um Deine Tochter keinerlei Sorgen mehr zu machen.

Ich danke Dir, daß Du für mich ein Problem gelöst hast, ich war sicher, daß Du es tun würdest.

Ich kenne Frau Ingold gut genug, um zu wissen, daß sie sich nicht am Telefax zu schaffen macht; außerdem kann sie ja kein Englisch. Dennoch: Verbrenn den Brief im Kamin, wenn Du ihn gelesen hast.

Kommst Du zu den Bestattungsfeierlichkeiten? Sie finden am Mittwoch nächster Woche in St. Paul's statt.

Herzlich und mit einem Kuß

Deine Tochter Lilian.«

Schlegel schaute auf. Frau Ingold hatte im Kamin Feuer angemacht. Er nahm das Blatt Papier, warf es hinein und wartete, bis es verbrannt war. Dann rief er die Haushälterin.

»Ich fliege doch erst nächste Woche. Was, sagten Sie, gibt es zum Nachtessen?«

Schneebrillen mit schwarzen Gläsern

Für die neue Loipe war eine Schneise durch den Föhrenwald geschlagen worden. Im Sommer hatten das Fernsehen und die Zeitungen Bilder davon gebracht. Riesige Raupenfahrzeuge, mit den Wurzelstöcken herausgerissene und von Baggerzähnen zersplitterte Bäume und der zertrampelte Waldboden. Auch Hilde hatte die Bilder angesehen, und sie hatte sich gefragt, ob es zu verantworten sei, ausgerechnet dort die Skiferien zu verbringen. Nach kurzem Hin und Her siegte ihr gesunder Menschenverstand. Sie bestätigte die Reservation. Sie wußte gut genug, daß so etwas in jedem Winterkurort vorkam. Bäume wurden überall gefällt. Ihrem Ferienort, wo sie seit Jahren lange Loipen, strahlendes Wetter und ein angenehmes, nicht zu teures Hotel genoß, wollte sie deshalb nicht die Treue aufkündigen. »Jetzt erst recht«, sagte sie in einem Anflug von Trotz zu sich. Schließlich freute sie sich wieder auf die Winterferien, die ihr mehr bedeuteten als ein italienischer Sandstrand oder finnische Seen im Sommer.

Nun stand Hilde auf ihren Langlaufskiern am Ausgang des Föhrenwaldes, hinter sich die neu geschlagene Schneise, die aussah, als wäre sie schon immer hier gewesen, und blickte vor sich auf die weiße Fläche des zugefrorenen Sees. Sie sog die Weite des Hochtals in sich ein und ließ die Sonne auf ihre Stirn brennen. Die neue Loipe war tatsächlich ein Gewinn. Hilde fand sogar, es wäre schade gewesen, wenn man darauf verzichtet hätte. Und was waren schon die paar Föhren gegen diesen Blick. Er war einmalig!
Hilde gab sich einen Ruck und lief weiter, die Böschung hinunter und in die Ebene des überschneiten Eissees. Neben den zwei Skispuren verlief der Weg für die Spaziergänger. Obwohl es Hochsaison war, verteilten sich die Feriengäste. Man konnte meinen, man sei allein auf der Welt. Hilde liebte dieses Gefühl. Sie haßte nichts so sehr wie Menschenansammlungen.
Zweihundert Meter vor ihr lief jemand einsam dahin. Sie konnte im Gegenlicht nicht erkennen, ob es ein Mann war oder eine Frau. Den eifrig vorwärtsstrebenden Schatten trennten vom nächsten vor ihm wiederum mindestens fünfzig Meter. Weit entfernt sah Hilde zwei Gestalten auf dem Spazierweg auftauchen. Sie schienen still zu stehen. Auf ihrer Höhe, links von der Loipe, war eine Stelle weithin sichtbar mit rotem Plastikband abgesperrt. Wahrscheinlich war der See dort nicht richtig zugefroren.
Hilde hatte zu lange in die Ferne geschaut und verlor

an einer höckerigen Stelle das Gleichgewicht. Um ein Haar wäre sie gefallen. Sie sollte sich lieber auf die Loipe konzentrieren.

Als sie wieder aufschaute, hatte sich das Bild vor ihr verändert. Der erste Läufer war nun schon an den beiden Wanderern vorbei. Hilde sah ihn weit vorn laufen. Aber der zweite, der näher gewesen war? Wo war der zweite Langläufer? Sie konnte ihn nirgends entdecken. Sie bemerkte nur, daß einer der beiden Fußgänger über die Loipe an den Rand des offenen Wasserlochs getreten war und dort so etwas wie einen Tanz aufführte. Hilde blieb stehen. Winkte er um Hilfe? Der zweite Langläufer war doch nicht etwa – ?

Aber wenn der Langläufer in das Wasserloch gestürzt wäre, würde der Spaziergänger die Loipe doch jetzt nicht wieder überqueren und sich ruhig zu dem zweiten gesellen.

Was also war dort vorne geschehen? Wahrscheinlich nichts, sagte sich Hilde, und weil sie jemanden hinter sich kommen hörte, lief sie weiter. Sie hatte sich wahrscheinlich getäuscht. Der Läufer, den sie weit jenseits der beiden Spaziergänger dahingleiten sah, war nicht der erste, sondern es mußte der zweite sein. Sie hatte nicht an die Schnelligkeit der jungen Leute gedacht. Der erste war sicher schon viel weiter und in den dunklen Läuferknäuel am Horizont eingetaucht. Zwei Läufer überholten sie von hinten. Hilde hängte sich an sie und lief ein ganzes Stück in ihrem Windschatten.

Als sie die Höhe des Wasserlochs erreicht hatten, standen die beiden Spaziergänger immer noch dort. Ein Mann und eine Frau. Hilde fiel zuerst ihre seltsame Kleidung auf. Viel Handgestricktes und uralte Skischuhe mit messingglänzenden Nägeln an der Seite, wie Hilde sie nur von Fotos ihrer Eltern her kannte. Beide trugen weiße Wollmützen, die so straff über den Kopf gezogen waren, daß sie beinahe wie Glatzen aussahen. Was Hilde besonders in die Augen stach, waren die Brillen. Altmodische runde Schneebrillen mit schwarzen Gläsern in weißen Fassungen. Sie machten die Gesichter kreidebleich. Beide drehten ihre Köpfe nach den drei Langläufern um, und die Brillen, die Mützen und die gegen die Sonnenstrahlung weiß bemalten Lippen ließen ihre Gesichter wie Totenköpfe aussehen.

Hilde schauderte und beeilte sich, um nicht hinter den beiden andern Läufern zurückzubleiben, obgleich sie ihr zu schnell waren. Sie geriet bald außer Atem, mußte ihr Tempo verlangsamen und schließlich stehenbleiben. Kaum wagte sie zurückzuschauen. Aber sie brauchte nicht zu erschrecken. Die beiden Spaziergänger standen jetzt bei dem Wasserloch, und zwischen ihnen und Hilde lief mindestens ein halbes Dutzend Leute. Wie Fremde standen die beiden dort, zwei Maskierte unter lauter Unmaskierten.

Am Abend hatte Hilde die Begegnung vergessen. Bekannte luden sie ein, sich an ihren Tisch zu setzen.

Gern nahm sie die Einladung an, und sie schwärmten zu dritt von der neu angelegten Loipe.
Sie waren beim Dessert, als ein anderer Hotelgast, ebenfalls eifriger Langläufer, zu ihnen trat und fragte, ob sie es schon gehört hätten.
»Nein. Was?«
»Seit heute nachmittag wird ein Langläufer vermißt. Vermutlich eingesunken, dort, wo der See nicht ganz zugefroren ist.«
Hilde erschrak.
Der zweite Langläufer! Er mußte es sein. Doch der Hotelgast sagte, daß noch nichts Genaues bekannt sei. Offenbar gebe es keine Augenzeugen.
Die beiden Spaziergänger! durchfuhr es Hilde. Wenn es sich um diese Stelle handelte und wenn der Vermißte der zweite Langläufer war, dann mußten der Mann und die Frau mit den altmodischen Schutzbrillen gesehen haben, wie er im Wasser versank. Aber die beiden hatten sich bis jetzt nicht als Zeugen gemeldet. Also war das Unglück nicht an diesem Wasserloch geschehen, oder aber ... – Hilde dachte schaudernd an den Indianertanz, den sie aus der Ferne beobachtet hatte – die zwei mußten etwas mit dem Verschwinden des Langläufers zu tun haben.
»Sie brauchen keine Angst zu haben, Fräulein Hilde«, sagte der Bekannte lachend. »Das Eis wird genau kontrolliert, und die kritischen Stellen sind alle gekennzeichnet. Wenn einer versinkt, dann nur, weil er

sich nicht an die Sperren hält. Leider gibt es immer wieder so Unvorsichtige. Leute eben, die glauben, Verbote gälten für alle, nur nicht für sie selber. Dann müssen sie halt auch die Konsequenzen in Kauf nehmen.«

Hilde ging früh auf ihr Zimmer. Sollte sie ihre Beobachtung der Polizei melden? Aber was hatte sie denn beobachtet? Sie konnte, sagte sie sich, ja nicht einmal angeben, ob eine Spur von der Loipe zu dem Wasserloch zu sehen gewesen war. Hatte der Läufer vor ihr die Loipe verlassen, mußte er in dem weichen Schnee eine Spur gezogen haben. Sie hatte, auf die Höhe des Wasserlochs gekommen, nur die beiden Spaziergänger in ihrer seltsamen Aufmachung angeschaut. Selbstgefärbte Wolle. Naturschützer. War im Sommer, als die Schneise geschlagen wurde, nicht dagegen demonstriert worden? Und die Drohungen auf den Flugblättern? Hilde hatte davon gelesen. Sie schlief schlecht in dieser Nacht.

Am Morgen las sie in der Zeitung, daß der Vermißte noch nicht gefunden worden sei. Die Möglichkeit, daß er vor der Schneeschmelze gefunden werde, wenn er überhaupt im See versunken sei, bezeichnete der Rettungsleiter als gering.

Ihre Bekannten von gestern abend luden sie ein, mit ihnen zu kommen. Sie nahmen wieder den Weg durch die neue Schneise, hielten sich dann auf dem See jedoch nach links, wo am frühen Morgen eine frische

Loipe gezogen worden war. Es war weniger sonnig als am Tag zuvor. In Maloja aßen sie auf der Terrasse vor dem Gasthaus eine Forelle vom Grill. Hilde fand es gemütlich.

Während die Bekannte zur Toilette ging und ihr Mann bezahlte, saß Hilde für ein paar Minuten allein am Tisch und schaute in die blendende Schneelandschaft hinaus, in die heraufziehenden Wolken, auf die Flanken der Berge und auf die Straße vor dem Gasthaus. Da sah sie die beiden Spaziergänger von gestern vorbeikommen. Gleich gekleidet, ihre bleichen Gesichter unter den weißen, straff über den Kopf gezogenen Mützen, die Brillen mit den runden schwarzen Gläsern in den weißen Fassungen. Sie schauten zu Hilde hinüber und waren im selben Augenblick verschwunden.

Hilde wußte nicht, ob sie wirklich einen Schrei ausgestoßen oder ob sie nur in sich hineingeschrien hatte. Da kamen auch schon ihre Bekannten zurück.

»Wir müssen uns beeilen. Es wird bald zu schneien anfangen«, sagte der Mann. Sie brachen hastig auf, auch, weil Hilde auf halb fünf die Sauna bestellt hatte.

Schon bald verschwand die Sonne hinter den Wolken. Schneefall setzte ein. Nur noch wenige Leute waren unterwegs. Sie hatten etwa drei Viertel des Weges hinter sich, als die Bekannte einen ihrer Skier verlor. Sie blieben stehen. Der Mann besah sich den Schaden und meinte, er müsse wohl mit einem Schnürsenkel eine behelfsmäßige Bindung basteln. Die Frau schaute auf die Uhr.

»Es ist ja schon bald vier. Hilde, Sie müssen vorauslaufen, wenn Sie nicht Ihre Sauna verpassen wollen.«

Hilde war also das letzte Stück allein, vor sich in zweihundert Metern Abstand einen einsamen Läufer. Bei der kritischen Stelle mit der roten Absperrung standen mit einem Mal die beiden Totenköpfe am Weg, straff über den Kopf gezogene Wollmützen, weiß angemalte Lippen, die runden Brillen mit den schwarzen Gläsern und den weißen Fassungen. Als Hildes Vorläufer auf der Höhe der beiden angelangt war, schien es ihr, als entstehe dort vorn ein Handgemenge. Sie meinte einen unterdrückten Schrei zu hören. War, was aufblitzte, ein Messer? Der Läufer bekam einen Stoß, fuhr aus der Loipe auf das Wasserloch zu und versank. Hilde hörte nichts. Als sie ihren Blick von dem Wasserloch losriß, waren die zwei Totenköpfe nicht mehr zu sehen.

Sie wußte nicht, wie sie ins Hotel gelangte, ein Bündel aus Angst und Zittern. Statt in die Sauna zu gehen, lief sie auf Skiern zur Polizei und erzählte aufgeregt und verworren, was sie gesehen hatte. Der Polizist war freundlich und verständnisvoll, fast zu freundlich, so daß Hilde sich nicht ernstgenommen fühlte. Er ließ sich alles ein zweites Mal erzählen, auch das, was sie gestern gesehen hatte, und schrieb einiges auf. Dann griff er nach dem Telefon und redete lange romanisch.

»Haben Sie eine Blutspur bei dem Wasserloch gesehen?« fragte er, nachdem er den Hörer aufgelegt hatte.

Sie konnte es nicht sagen.

Sie würden schauen, was zu tun sei, meinte der Polizist weiter. Soviel er wisse, sei der Vermißte von gestern zum Vorschein gekommen.

Damit war Hilde entlassen. Sie hatte das Gefühl, man habe sie nicht ernst genommen, wo sie doch die Täter beschreiben konnte!

Der Schneefall hatte aufgehört, die Dämmerung hatte eingesetzt, als Hilde den Polizeiposten verließ. Die Straßen waren fast leer. In den Hotels zogen sich die Leute für das Abendessen um.

Hilde nahm nicht den Weg zum Hotel. Sie mußte Gewißheit haben. Führte eine Spur von der Loipe zum Wasserloch? War Blut zu sehen? Noch müßte es festzustellen sein. Wenn es in der Nacht schneite, wären die Spuren am Morgen ausradiert.

Hilde schnallte die Skier an und verließ die beleuchtete Straße. Ihre Augen mußten sich an die Dunkelheit gewöhnen. Dann merkte sie, wie hell die Nacht vom Schnee war. Sie fand ohne Schwierigkeiten die Loipe. Ihr war, als liefe sie schwereloser denn je, schnell wie die Jungen, obwohl sie einen anstrengenden Tag hinter sich hatte.

Schon bald war sie in der Nähe des Wasserlochs. Da sah sie, fünfzig Meter vor sich, rechter Hand der Loipe, einen der zwei Totenköpfe mit der Wollmütze, den weißen Lippen, den schwarzen, weißgeränderten Brillenlöchern. Hilde blieb stehen. Sie wagte nicht, an der Gestalt vorüberzulaufen. Dann hörte sie hinter sich knirschende Schritte im Schnee, und als sie sich umwandte, erkannte sie den zweiten Totenkopf, der gemessen auf sie zukam. Sie mußte nach links ausweichen!

Sie begann wieder zu laufen, nun abseits der Loipe, was schwieriger war. Doch der Totenkopf hinter ihr war schneller. Keine fünfzig Meter weiter sah sie, wie er sich ihr von schräg links hinten näherte. Der zweite kam jetzt von rechts auf sie zu. Hilde mußte noch einmal die Richtung ändern. Sie lief den einzigen Weg, den sie ihr ließen. Als sie das rote Absperrband vor sich erkannte, hoffte sie, das Wasserloch habe sich in der abendlichen Kälte geschlossen. Sie konnte nicht ausweichen. Sie zerriß das Band. Sie spürte das Wasser, das ihr in die Schuhe rann. Sie fühlte eine große Bodenlosigkeit unter sich, und sie sank.

Erstaunlich, wie wenig kalt das Wasser war. Sie dachte an die beiden weißen Köpfe mit den schwarzen Brillenlöchern hinter sich. Jetzt fiel ihr ein, daß sie nicht nach der Spur des Langläufers gesehen hatte. Deswegen war sie doch hierhergekommen. Dann spürte Hilde nichts mehr.

In dieser kalten, sternklaren Nacht fror das Wasserloch im See zu und blieb den ganzen Winter über zugefroren.

Eine alte Bekannte

Am Dienstag hatte Burger einen Termin bei der PR-Agentur und einen beim Fotografen, der von ihm ein Plakat in Weltformat machen sollte. Am Mittwochvormittag erledigte er noch einiges in seinem Büro und traf in einem langen Telefonat taktische Absprachen mit dem Parteipräsidenten. Am frühen Nachmittag fuhr er mit seiner Frau für zwölf Tage ins Engadin.

Wenn sie zurückkamen, würde der Wahlkampf beginnen. Burger, Rechtsanwalt in einer renommierten Praxisgemeinschaft und seit zwei Amtsperioden im Kantonsparlament, war von seiner Partei für den frei werdenden Sitz im Regierungsrat aufgestellt. Er konnte sich gute Chancen ausrechnen. Die Gegenpartei hatte ihren ersten Kandidaten zurückziehen müssen, nachdem ihm in den Medien Vetternwirtschaft vorgeworfen worden war. Der zweite Kandidat, in eiliger Verlegenheit aufgestellt, war eine ziemlich schwache Figur. Dennoch würde der Wahlkampf kein Spaziergang sein. Ein paar ruhige Tage würden ihm guttun.

Sie kamen kurz nach fünf im Hotel an und bezogen dasselbe Zimmer wie jedes Jahr. Koffer auspacken, sich ein knappes Stündchen hinlegen, ein heißes Bad nehmen, sich umziehen zum Nachtessen. Sie waren beide hungrig und freuten sich auf die leichte Küche, auf den Espresso hinterher in der Halle, sogar auf das Geklimper des Pianisten, obwohl sie nie tanzten. Kurz vor halb acht betraten sie den Speisesaal.
Der Oberkellner kam herbeigeeilt, schüttelte ihnen die Hand, fragte, wie es gehe, ihm gehe es gut, und führte sie an den gewohnten Tisch in der Ecke, nahe beim Ausgang. Sie waren nicht die letzten, aber die meisten Gäste saßen schon an ihren Tischen und aßen. Sie zogen die Menükarte aus der kunstvoll gefalteten Serviette und lasen, links französisch, rechts deutsch, wobei Consommé zu Kraftbrühe wurde, was Burgers Frau jedes Jahr von neuem amüsierte. Vier Gänge, immer dreierlei zur Auswahl. Burgers Frau entschied sich für die Suppe, den Fisch und die Lammkoteletts, während Burger statt der Suppe Karottensaft, ebenfalls den Fisch und dann Kalbsbraten wählte. Unterdessen hatte der Oberkellner diskret die Weinkarte in Burgers Nähe geschoben. Burger öffnete sie, und die traditionsreichen Namen erschienen ihm wie ein Fahrplan ins Paradies. Weißen zum Fisch, Roten zum Fleisch. Burger bestellte eine Flasche Sancerre und eine Flasche Veltliner Riserva Speciale. Beides kommentierte der Oberkellner mit Nicken.

Nun warteten sie auf den ersten Gang. Sie lehnten sich beide auf ihren Stühlen zurück, entfalteten gleichzeitig die Serviette, ließen den Blick durch den Speisesaal wandern, erkannten von Ferne das eine und andere aus den vorigen Jahren bekannte Gesicht und beteuerten einander, wie gern sie wieder hier seien.

Der Oberkellner brachte die beiden Flaschen Wein, dazu Mineralwasser. Er schenkte Burger den Weißen zum Probieren ein. Burger ergriff das Glas, schwenkte es leicht und führte es zum Mund, um zu kosten. Der Wein war in Ordnung. »Du wirst ihn gern haben. Er hat eine angenehme, unterschwellige Säure, die sehr erfrischt«, sagte er zu seiner Frau, immer noch das Glas in der Hand. Der Oberkellner wandte sich Burgers Frau zu und schenkte ein. Burger selbst nahm noch einen Schluck von der Kostprobe, bevor der Kellner auch ihm das Glas füllte.

Er war gerade dabei, das Glas von den Lippen zu nehmen und dabei über den Rand in den Saal zu blicken, als er Lola erkannte. Das heißt, er sah nur ihren wilden, hochtoupierten schwarzen Haarschopf, aber es war Lola. Eindeutig.

Burger stellte das Glas ab und mußte sich am Stiel festhalten. Eine ungeahnte, bösartige Perspektive tat sich auf. Wie durch einen Nebel hörte Burger die Frage des Kellners, ob er den Veltliner schon öffnen dürfe. Burger nickte erst, als seine Frau ihn leicht

verwundert anschaute. Es kam alles darauf an, daß sie nichts merkte.
Burger wagte einen zweiten Blick hinüber. Ja, dort saß, mit dem Rücken zu ihnen, zusammen mit einer älteren, diskret gekleideten Dame unzweifelhaft Lola. Die Haare, das knallfarbene Kleid, die ausladenden Hüften, das alles gehörte zu Lola.
Der junge portugiesische Kellner brachte Burgers Frau die Suppe und Burger den mennigroten Karottensaft im Glas.
»Guten Appetit«, wünschte er. »Danke«, antworteten höflich seine Frau und Burger im Chor. »Guten Appetit«, nickten sie einander zu. Burger war froh, daß sie zu tun hatten. Er mußte überlegen.
Es durfte auf keinen Fall zu einer Begegnung mit Lola kommen. Nein, nicht seiner Frau wegen. Die war vernünftig und nicht eifersüchtig. Aber wegen der Wahl.
Lola war anziehend, sie war schön und elektrisierend erotisch, aber sie konnte unsäglich laut und gewöhnlich werden. Öffnete sie den Mund, so kamen ordinäre Anzüglichkeiten über ihre Lippen. Burger hatte das für eine kurze Zeit lustig gefunden. Jetzt dachte er mit Entsetzen daran.
Er mußte Lola im Blick behalten. Soviel er erkennen konnte, bekamen sie und ihre Begleiterin soeben den Hauptgang serviert. Wie sie den Kopf leicht schräg zu dem Kellner hob! Er stellte sich ihre Pupillen in den

Augenwinkeln vor. Ihre erstaunten Katzenaugen. Er mußte auf der Hut sein, wenn sie aufstand. Verließ sie den Saal, kam sie unweigerlich an ihrem Tisch vorbei. Dann war es an Burger, so schnell wie möglich aufzustehen, bevor sie ihn erblickte, und das Weite zu suchen.
Er stellte sich vor, sie käme auf ihn zu. Sie bemerke ihn, stieße einen krächzenden Überraschungsschrei aus, würfe die Arme in die Höhe und liefe unter dem aufgescheuchten Geklimper ihres billigen Modeschmucks auf ihn zu, um ihm um den Hals zu fallen und sich auf seine Knie zu setzen. »Böbschen, bist du auch hier!« Das Gesicht seiner Frau. Und die Gesichter, die sich nach ihnen umdrehten.
»Die Suppe rinnt mir direkt in die Seele«, sagte Burgers Frau. »Wie war dein Karottensaft?«
Wie war sein Karottensaft gewesen? Hatte er ihn schon getrunken? »Hervorragend«, sagte er. »Frisch gepreßt.«
Bevor Burger nun wieder das Weißweinglas ergriff, blickte er noch einmal ungläubig hinüber. Wie ein ungezähmter Sturzbach ergoß sich das schwarze Haar über ihre Schultern. Im Genick leuchtete ein lächerliches rosarotes Schleifchen wie bei einem Schoßhund.
»Auf dein Wohl. Schöne Ferien. Gute Erholung. Und später viel Glück«, sagte Burgers Frau.
»Auch dir alles Gute«, entgegnete er. Sie stießen an

und ließen den Ton der Gläser im Gerede des Saals verklingen.
Der Portugiese räumte inzwischen den Suppenteller und das Saftglas ab. Burger mußte jeden Augenblick mit der Möglichkeit rechnen, daß Lola ihm zuvorkam. Bei ihrer Kinderstube war es ihr zuzutrauen, daß sie plötzlich vom Tisch aufführe und hinausliefe, weil ihr eingefallen war, daß sie einen Freund anrufen mußte. Burger schaute hinüber. Dort saß eine Gefahr für seine politische Karriere, ein Stolperstein auf dem Weg zum Regierungsrat. Wenn herauskam, daß er sie kannte, war er in diesen moralisch pingeligen Zeiten, in denen die Medien nach Affären gierten, geliefert.
Der Kellner brachte den zweiten Gang, Salmtranche auf Blattspinat. Burger hob noch einmal das Glas. Seine Frau prostete ahnungslos zurück.
Die Bilderpresse druckte bereits von ihm Schlagzeilen auf die ersten Seiten der Boulevardzeitungen. »Regierungsratskandidat im Bordell. Lola packt aus!« Wenn die Journalisten sie erst zum Reden brächten, und das würde ihnen nicht schwerfallen, könnte sie ihn ans Messer liefern. »Er war regelmäßiger Kunde in meinem Salon. Ja, auch sadistische Séancen.« Die in knappes Leder gezwängte Lola, Grätschstellung, eine Peitsche schwingend. Ihn schauderte.
»Ist dir kühl?« fragte seine Frau.
»Jedenfalls nicht zu warm«, antwortete er.
Er hatte mit seinen Beziehungen zur Liegenschaften-

verwaltung dafür gesorgt, daß sie eine größere Wohnung bekam, sozusagen sein Abschiedsgeschenk. Dann hatte er sich nicht mehr blicken lassen, hatte eines Morgens entschieden, daß Schluß sein müsse.
»Schade, daß Gräten drin sind«, sagte seine Frau und legte eine auf den Tellerrand. »Aber sonst ist die Küche wieder wunderbar.« Beinahe hätte er eine Gräte verschluckt. Er nahm schnell einen Schluck Wein.
Drüben am Tisch wurden die Reste des Hauptgangs abgetragen. Aber selbst wenn sie sich mit dem Dessert Zeit ließen, würde sie vor ihnen mit dem Essen fertig sein. Der Oberkellner kam, um ihm den Veltliner zur Probe einzuschenken. Er schmeckte nichts. Der Oberkellner füllte die Gläser und wünschte »Zum Wohl«.
Burger hatte Lola zum erstenmal in der Kanzlei eines Kollegen am Bellevue getroffen. »Unser neuer Lehrling«, bemerkte der Kollege, als er sah, wie es Burger schwerfiel, seine Augen von der Figur des Mädchens loszureißen. »Sie verdient sich übrigens ihr Taschengeld mit Striptease.«
Sie hatte damals schon ein wenig zur Üppigkeit geneigt. Er merkte sich das Lokal, ging aber keineswegs gleich am selben Abend hin. Über einen Monat ließ er verstreichen. Als er sie dann auf der rot beleuchteten Bühne sah, war er zugleich von ihrer Schönheit gepackt und über die ordinäre Art ihrer Darbietung schockiert. Er ließ sie an seinen Tisch bitten und fuhr hinterher mit ihr in ihre Wohnung. Von diesem Tag

an holte er sie im Lokal ab, zuerst einmal wöchentlich, bald jeden Abend. Und er hieß sie alles mit ihm machen, die Sache mit den Peitschen, den prallen Lederkleidern, den Handschellen und spitzen Nadeln bis aufs Blut.

Seine Frau bekam ihre Lammkoteletts, er seinen Kalbsbraten. Der Kellner schenkte ihm das Glas wieder voll. Du darfst nicht zuviel trinken, du brauchst einen klaren Kopf, sagte er zu sich selber.

Anscheinend hatte seine Frau damals nichts von seinen Abenteuern bemerkt. Sie hatte angefangen, sich sozialen Fragen zuzuwenden, und war offensichtlich davon ausgefüllt.

Eines Nachts hatte Lola zu ihm gesagt: »Ich will einen eigenen Salon.«

»Und deine Lehre?«

»Habe ich an den Nagel gehängt. Mit dem hier verdien' ich mehr.«

Die Spuren anderer Männer störten ihn, der sonst zur Eifersucht neigte, nicht. Im Gegenteil. Sie wirkten wie ein Stimulans.

»Könntest du nicht etwas für mich tun? Du hast doch Beziehungen.« Er hatte. Und fädelte es ein. Und eines Morgens, beim Aufstehen, als er seine nackten Füße auf den rauhen Teppich vor dem Bett im ehelichen Schlafzimmer stellte, beschloß er, nicht mehr zu ihr zu gehen. Keine Erklärung von ihm. Keine Nachfrage von ihr. Seither waren sie sich nie mehr begegnet.

»Gibst du mir noch etwas Wasser?« bat seine Frau. Er schenkte ein.
Inzwischen war sie eine stadtbekannte Hure geworden. Vor drei oder vier Jahren war etwas mit einer Zuhälterbande gewesen. Die warf ihr das Mobiliar aus den Fenstern auf die Straße, weil sie nicht mit ihr zusammenarbeiten wollte. Er hatte es zu lesen versucht, als betreffe es eine wildfremde Person. Sie erzählte damals einem Journalisten, ihre Kundschaft reiche bis in die allerbesten Kreise, und sie könne sich vorstellen, daß sie jemand aus der Stadt vertreiben wolle. Er hatte es als Drohung an seine Adresse empfunden.
Er trank und schaute über den Rand des Glases hinweg zu ihr. In ihr mußten all die Jahre hindurch Zorn und Rachegefühle geschwelt haben. Wer weiß, was sie sich erhofft hatte. Sie würde, wenn sie ihn hier sitzen sah, in ihrer Pöbelhaftigkeit nicht zögern, die Situation auszunutzen und ihn ans Messer zu liefern. Was konnte er tun?
Er mußte mit ihr reden. Sie zu einem Spaziergang einladen. Bis zur Brücke über den Inn, und sie dann hineinstoßen. Das war die Rettung. Die einzig mögliche Rettung.
Er stellte das Weinglas auf den Tisch zurück und wandte sich wieder dem Kalbsbraten zu. Dabei ließ er Lola einen Augenblick zu lange aus den Augen. Denn als er aufblickte, war sie keine zehn Meter von ihm

entfernt. Sie kam geradewegs auf ihn zu. Er hatte das Gefühl, als schwanke der Boden unter ihm. Aufstehen und hinauslaufen war nicht mehr möglich. Zu spät. Sie kam, die Hüften schwingend, das Kleid zu knapp und viel zu kurz, aufgedonnert wie ein Flaggschiff, die Haare zu einem Turm hochtoupiert, Geröllhalden von Modeschmuck auf der Brust, unaufhaltsam näher. Er war verloren.

Und dann war sie vorbei. Es war nichts geschehen. Kein hysterischer Aufschrei, kein kreischender Ruf des Erkennens, keine rachedurstige Annäherung, nichts. Als wäre er eins von den banalen Möbelstükken in diesem Speisesaal, war sie an ihm vorübergestakst, ohne auch nur einen einzigen Blick an ihn zu verlieren.

Es bereitete ihm Mühe, sich nichts anmerken zu lassen. Das Rotweinglas zitterte leicht in seiner Hand. Sie bestellten Dessert, und seine Frau erinnerte ihn an ihre Ferien im letzten Jahr. Eine Viertelstunde nach Lola verließen sie den Speisesaal.

Wie jeden Abend deponierte er auch diesmal, bevor sie in der Halle den Espresso tranken, den Zimmerschlüssel an der Rezeption. Seine Frau ging voraus, um einen Tisch zu belegen.

»Das ist für Sie abgegeben worden.« Der Concierge reichte ihm einen gefalteten Zettel über die Theke. Burger öffnete ihn und erkannte Lolas Schrift.

»Keine Angst. Morgen vormittag reise ich ab. L.«

Er las den Zettel zweimal. Dann zerriß er ihn in kleine Stücke und warf ihn in den Papierkorb.
Seine Frau hatte einen freien Tisch mit zwei bequemen Sesseln gefunden. Er setzte sich zu ihr. Als die Kellnerin kam, bestellten sie beide einen Espresso.
»Und eine Grappa?« fragte die Kellnerin, weil er jedes Jahr jeden Abend eine Grappa trank.
»Ja bitte – einen doppelten. Und eine Davidoff dazu«, antwortete er.
»Was ist denn mit dir los?« erkundigte sich seine Frau.
»Wohl ist mir. Eben wie in den Ferien«, gab Burger zurück.

Lawinenverbauung

Es versprach wieder ein strahlender Wintertag zu werden. Beizeiten stand Andy auf und ließ sich von der Luftseilbahn in die Höhe tragen. Im Rucksack führte er sein Arbeitszeug mit, Kamera, Stativ und das ganze Zubehör, dazu auch die Felle. Er wollte nicht wie der große Haufen, kaum oben angekommen, die präparierte Piste hinunterrasen, sondern erst ein wenig steigen, eine halbe Stunde vielleicht, mindestens bis zur Lawinenverbauung. Von dort war der Blick noch schöner, und man konnte meinen, allein auf der Welt zu sein.

In der Bergstation begrüßte er Johann, der seit Jahren am Billettschalter saß.

»Ich kraxle zu der Verbauung hinauf«, sagte er ihm.

»Viel Vergnügen«, rief Johann hinter dem Glas.

Der Schnee begann schon sulzig zu werden, so heiß war die Sonne. Andy stapfte hangaufwärts und kam sich vor wie eine Ameise an einer weißen Wand. Er sah eine Tierspur, die hieroglyphengleich ein seltsames Muster in den Schnee zeichnete. Fast hätte er

haltgemacht und die Kamera aus dem Rucksack geholt. Aber er sagte sich, daß er dann vielleicht die Energie verlöre, um weiterzusteigen.
Es dauerte ziemlich genau eine halbe Stunde, bis er bei der Verbauung ankam. Eisenträger, in Betonfundamente eingelassen, fingen die vom darüberliegenden Steilhang herunterrutschenden Schneemassen auf und hinderten sie, die Piste und womöglich auch die Bergstation unter sich zu begraben. Jedes Jahr wurden so zwei oder drei Lawinen aufgehalten. Jede von ihnen, wußte Andy, hatte einen Namen, als sei sie ein lebendiges Tier.
Um die Fundamente herum war der Schnee weggeschmolzen. Andy schnallte die Skier ab, lehnte den Rucksack an einen der Eisenträger, löste die Felle und rollte sie zusammen. Das müßte reizvolle Bilder geben, die große weiße Berglandschaft, gebrochen durch den Sparrenraster der Verbauung. Um die Aufnahmen zu machen, kletterte er auf einen der Betonblöcke und zwängte sich mit Kamera und Stativ zwischen den Eisenträgern hindurch. Es war nicht einfach, und er wußte natürlich, daß es gefährlich war. Wenn ein Schneerutsch von oben käme, würde er zerdrückt werden. Aber es würde schon nichts passieren.
Es war ein richtiger Fund. Er ließ die Landschaft durch den eisernen Zaun in große und kleine, senkrechte und schräge, parallele und verschobene Teile zerstückeln. Es sollte wie ein Puzzle aussehen, das zusammenge-

hörte und doch nicht zusammengehörte. Er arbeitete wie besessen. Einmal ließ er den Gipfelkranz zerfließen und die Sparren scharf hervortreten, ein anderes Mal verschwammen die Träger im Vordergrund, und die Berge waren gestochen scharf. Noch nie hatte er diese vom vielen Fotografieren abgeleckte Landschaft so neu, so widerborstig, so schön gesehen. Erst als alles Filmmaterial verbraucht war, hörte er auf. Es wurde eine triumphale Abfahrt, mit der Beute im Rucksack.

Er wollte nicht warten, bis seine Ferientage vorbei waren. Ein Kollege am Ort überließ ihm sein Atelier am freien Nachmittag. Die Serie nahm ihm den Atem.

Während er sie ordnete, blieben seine Augen plötzlich an einem der Bilder haften, auf dem im Vordergrund haarscharf das Fundament zutage trat. Durch den Beton lief ein tiefer Riß, der Eisenträger schien nur noch lose darin zu stecken.

Andy suchte die anderen Fotos mit scharfem Vordergrund heraus und sah sich auch darauf die Fundamente genau an. Er fand noch drei weitere schadhafte Betonklötze.

Um sicher zu sein, vergrößerte er die Ausschnitte. Auch sie zeigten deutlich den desolaten Zustand der Lawinenverbauung.

Seinem Kollegen sagte er nichts davon. Aber gänzlich schweigen konnte er nicht. Die großen Lawinen mit den berühmten Namen waren bis jetzt noch nicht gekommen, aber wenn sie an den Eisenträgern aufliefen, würden die Fundamente wahrscheinlich brechen. Es war nicht auszudenken, was geschehen würde, wenn die Lawinen zusammen mit dem Eisenzaun die vielbefahrene Piste hinunterdonnerten.

Für den Kurdirektor hatte er früher schon einmal ein paar Aufnahmen gemacht. Er ließ sich bei ihm einen Termin geben. Die Vergrößerungen mitsamt der ganzen Serie nahm er mit.

»Wundervolle Bilder«, schwärmte der Direktor.

»Bitte sehen Sie sich die Fundamente an. Alle gerissen. Ich frage mich, ob sie dem Druck standhalten, wenn die Lawinen kommen.«

»Ach«, sagte der Direktor, »halb so schlimm. Wir kennen das. Ich versichere Ihnen, es besteht keine Gefahr.«

»Wirklich nicht? Mir scheint –«

»Wirklich großartige Bilder! Lassen Sie sie mir bis morgen hier?«

Andy versuchte noch einmal, den Direktor auf die schadhaften Fundamente aufmerksam zu machen. Er hörte nicht auf ihn.

»Diese Bilder. Damit müssen wir etwas anfangen. Etwas Großes. Und – gehen Sie mit dem Unsinn von den Fundamenten ja nicht zur Presse. Sie würden ausgelacht«, sagte er und komplimentierte ihn zur Tür hinaus.

Am Nachmittag des folgenden Tages saßen Andy, der Kurdirektor und der Präsident des Kurvereins am Konferenztisch im Büro des Kurdirektors. Vor ihnen lagen ausgebreitet die Bilder. Die Vergrößerungen fehlten.

»Wäre es nicht angebracht, die Piste zu sperren?« sagte Andy.

»Dummes Zeug, mitten in der Saison«, raunzte der Präsident. »Die Dinger halten, dafür verbürgen wir uns. Wir sind hier die Fachleute.«

»Aber Ihre Fotos«, hob der Kurdirektor wieder an, »sind eine Wucht! Ein völlig neuer Aspekt unseres Ortes, des ganzen Tals. Wir schlagen Ihnen vor, daß wir damit unsere neue Werbung für die Wintersaison aufbauen. Wäre das kein Geschäft für Sie? Wir bieten Ihnen einen Vorvertrag an.«

Natürlich war es ein Geschäft für ihn. Das Geschäft, auf das er gewartet hatte. Das Geschäft, das ihn mit dem großen Geld in Kontakt brachte. Zu Ende die schäbige Freelancerei von der Hand in den Mund, das Gewiesel hinter Lokalereignissen her.

»Gleichzeitig veranstalten wir bei Saisonbeginn eine Ausstellung mit der ganzen Serie. Ich gratuliere Ihnen, das wird ein Erfolg.«

Er zog noch am gleichen Tag aus der Pension in ein Viersternehotel um und blieb statt sechs Tage zehn. Nur die Luftseilbahn mit der Piste unter der Lawinenverbauung mied er.

Bis in den Sommer hinein fuhr er immer wieder aus dem Unterland hinauf. Es gab viel Arbeit. Über neue Aufträge konnte er sich nicht beklagen. Die Werbung kam an, der Kurdirektor hatte nicht übertrieben. Es gab ein breites Echo in der Presse.
Die Vernissage fand an einem blendend schönen Tag Ende Januar statt, ebenso schön wie jener, an dem er zu der Lawinenverbauung hinaufgestiegen war. Andy sonnte sich in der allgemeinen Anerkennung und trank viel Weißwein, bis ihn ein leichter Nebel umhüllte.
Er sah den Kurdirektor mit ausgebreiteten Armen auf sich zukommen und hörte laut seinen Namen rufen. Der Direktor zeigte auf eins der Bilder, im Vordergrund überdeutlich der eiserne Raster mit den Betonfundamenten, dahinter verschwommen die Berge, und flüsterte ihm ins Ohr: »Und, hat es nicht gehalten? Sie Schlaumeier, uns mit so etwas zu kommen!«
In diesem Augenblick begann vor seinen Augen das Bild zu verblassen, als führe eine weiße Walze von oben nach unten darüber hin, und draußen setzte ein Donnern ein, wie er es noch nie gehört hatte.

Steinböcke im Feldstecher

»Was«, sagte Frau Bär zum alten Vontobel, als sie mit ihm und seiner Tochter nach dem Frühstück noch eine Weile plaudernd in der Hotelhalle stand, »Sie haben noch nie die Steinböcke gesehen?«
Der alte Vontobel schüttelte den Kopf.
»Sie kommen seit – wieviel Jahren hierher?«
»Einundzwanzig«, sagte Vontobels Tochter Erna.
»Kommen seit einundzwanzig Jahren hierher, haben ein Zimmer zum Berg hin und haben noch nie die Steinböcke gesehen!« Frau Bär konnte es nicht fassen. Ihr Mann stieß sie von der Seite an, um ihr zu bedeuten, sie solle weniger laut sein.
»Haben Sie denn keinen Feldstecher bei sich?« fragte Frau Bär, nun beinahe flüsternd.
»Nein«, antwortete der alte Vontobel.
»Dann leihe ich Ihnen meinen«, verkündete Frau Bär, wieder in voller Lautstärke. »Wenn Sie warten, hole ich ihn schnell herunter.«
Und schon eilte sie die Treppe hinauf. Keine drei Minuten später war sie zurück.

»Sie können ihn gern für die nächsten Tage behalten. Sie werden sehen, man wird ganz närrisch beim Anblick der majestätischen Tiere.« Und sie erklärte ausführlich und lautstark, wie der Feldstecher zu bedienen sei.

Der alte Vontobel bedauerte bereits, ihr Angebot nicht gleich abgelehnt zu haben. Was sollte er mit den Steinböcken? Einundzwanzig Jahre kam er jeden Winter für drei Wochen hierher, hatte nie etwas von Steinböcken gewußt und sie auch niemals vermißt. Warum sollte er jetzt plötzlich Steinböcke beobachten? Warum gar, wie Frau Bär behauptete, närrisch werden wegen der Viecher, wo sie ihm doch vollkommen gleichgültig waren. Außerdem hatte er einen außerordentlich aufregenden Roman von Eric Ambler bei sich, von dem er sich kaum zu den Mahlzeiten losreißen konnte. Aber Vontobel war ein höflicher Mensch, Produkt einer generationenlangen gutbürgerlichen Erziehung. Und so nahm er den Feldstecher von Frau Bär mit Dank entgegen, sagte, wie glücklich er darüber sei, diese außerordentlichen Tiere endlich sehen zu können, und versprach, fleißig nach ihnen Ausschau zu halten.

Der Tag aber war denkbar schlecht dafür. Schon seit dem frühen Morgen fiel dichter Schnee. Die Berge waren bis tief hinab von Wolken und Nebel verhangen. Erna zog ihren blauen Kunststoffdress an, wie es jetzt Mode war. Ihr Skilehrer Caflisch, bei dem sie seit Jahren Stunden nahm, hatte heute seinen freien Tag. So schloß sie sich dem Ehepaar Rosenthal an, das bis nach Samaden hinunter und zurück laufen wollte, für Erna, immerhin inzwischen sechsundvierzig, eine angemessene, nicht zu anstrengende Tour. Vontobel fuhr nicht mehr Ski, und auch die Schlittschuhe ließ er seit langem zu Hause. Jeden Tag eine gute halbe Stunde durch den Schnee, am Stock und gestützt auf Ernas Arm, reichte ihm.

Jetzt aber, als alle weg waren, hängte er sich Frau Bärs Feldstecher über die Schulter und fuhr gutgelaunt mit dem Lift nach oben. In seinem warmen, gemütlichen Zimmer, das nach Arvenholz roch, würde er sich ans Fenster setzen und den Roman weiterlesen. Gegen zwei Uhr würde er leichten Durst verspüren und die halbe Flasche Sekt aus dem Kühlschrank holen. Das war so gut wie ein Sonnentag. Heute, bei diesem Wetter, würde er das Haus gar nicht verlassen, zumal Erna sowieso erst um vier zurücksein würde. Gegen Abend hätte er den Roman zu Ende gelesen, und Erna könnte das Buch noch vor dem Abendessen in die Bibliothek zurückbringen und ein neues holen.

Oben angekommen, sah sich der alte Vontobel einem schwerwiegenden Problem gegenüber. An welches der beiden Fenster seines Zimmers sollte er sich nun setzen? An dem nach Westen war es auch dann heller, wenn die Sonne wie heute nicht schien. Dort stand der Sessel mit der gepolsterten Rückenlehne, daneben

das runde Tischchen. Darauf lag, an der Stelle aufgeschlagen, wo Vontobel die Lektüre unterbrochen hatte, der Roman. Vom anderen Fenster aus schaute man nach Norden, gegen die Felsen.
Ambler lockte. Vontobel war an einer entscheidenden Stelle, und er, alter Jurist und Oberrichter im Ruhestand, verfolgte mit Vergnügen, wie die Schlinge sich zusammenzog.
Andererseits war er ein überaus korrekter Mensch. Da er Frau Bär sozusagen versprochen hatte, mit dem Feldstecher nach den Steinböcken Ausschau zu halten, wollte er es auch tun. Also besser jetzt gleich und nicht aufschieben, dachte er. Dann durfte er nachher um so fröhlicher zu Ambler zurückkehren.
Vontobel setzte sich an das Nordfenster und hielt den Feldstecher vor die Augen. Zuerst sah er nur einen milchigen Schleier. Er drehte solange an den beiden Linsen, bis er die Zweige der Föhren und einzelne aus dem Schnee ragende Felsblöcke unterscheiden konnte.
Sorgfältig, wie er früher Akten studiert hatte, suchte er den Hang ab, vor allem am Fuß der Felswände, weil er sich vorstellte, daß die Steinböcke dort vor dem schlechten Wetter geschützt waren. Aber er konnte keinen Steinbock ausmachen, keinen einzigen. Statt dessen erkannte er plötzlich eine Spur, die quer über das unberührte Schneefeld führte. Es war die Spur eines Skifahrers.
Vontobel war hocherfreut. Gab es das also noch,

einsame Skiwanderer, die mit angeschnallten Fellen die Hänge hochstiegen, wie in seiner Jugend. Er folgte der Spur mit dem Feldstecher. Da war er: ein Mann, der kräftig ausholte. Er trug einen Rucksack, und – Vontobel drehte am Feldstecher – tatsächlich: Der Mann hatte ein Gewehr bei sich! Eine Jagdflinte, wie Vontobel schwach erkennen konnte, bevor der Mann hinter einer Föhrengruppe verschwand. Aber war denn die Zeit der Hochwildjagd nicht längst vorbei? In Vontobel rührte sich der Jurist. Wenn es keine Hochwildjagd mehr war und ein Mann mit einem Gewehr an den Hängen herumstieg, wo es Steinböcke gab, dann mußte es ein Wilderer sein, und der gehörte angezeigt und abgeurteilt.

Vontobel wußte, daß in der Gegend viel gewildert wurde und daß unter der einheimischen Bevölkerung das Urteil über das Vergehen schwankte. Wilderer galten als Schwerverbrecher – ihre Geschichten endeten oft mit Mord und Totschlag – und gleichzeitig als Helden, als Verteidiger einer freien und uneingeschränkten Jagd, diesem Symbol der Freiheit. Vontobel selbst hatte nie gejagt, aber in seinem Freundeskreis gab es zahlreiche Jäger. Sie alle hatten, wenn er es sich recht überlegte, etwas Abenteuerndes, Freiheitsdurstiges, Unberechenbares an sich. Und er wußte aus ihren Erzählungen, daß eine Revierjagd im Unterland nicht zu vergleichen war mit einer Hochwildjagd, insbesondere in Graubünden.

Da suchte er zum erstenmal mit dem Feldstecher nach Steinböcken, und gleich lief ihm ein Wilderer vor die Linse! Ach was, Wilddieb, dachte Vontobel. Es wird der Jagdaufseher sein. Er hatte, weil die Augen ihm zu tränen begannen, den Feldstecher aufs Fensterbrett gelegt. Nun setzte er ihn wieder ans Auge und suchte noch einmal nach der Föhrengruppe, ob er den Jäger darin entdecken konnte. Es war zu spät. Der Mann mußte über das Schneefeld abgefahren sein. Vontobel sah die neue Spur. Sie verlief weiter unten im Wald.

Vontobel legte den Feldstecher weg und ging zum andern Fenster, zu seinem Buch. Aber obwohl er der Fortsetzung des Romans entgegengefiebert hatte, vermochte dieser ihn jetzt nicht zu fesseln. Immer wieder fuhr der Skifahrer mit der Jagdflinte zwischen den Sätzen hindurch. Er ließ sich nicht vertreiben. Schließlich klappte Vontobel ärgerlich den Ambler zu. Er ging ans Telefon und rief die Gemeindekanzlei an. Eine freundliche Dame bestätigte ihm, daß die Hochwildjagd zu Ende sei. Der Jagdaufseher? Er heiße Giovanelli. Sie gab Vontobel die Nummer.

Sollte er wirklich anrufen? Würde nicht der Eindruck entstehen, hier wolle ein alter Mann sich wichtig machen? Vontobel fürchtete sich vor nichts so sehr, als für arteriosklerotisch gehalten zu werden. Handelte es sich jedoch wirklich um einen Wilderer, dann war er als Bürger verpflichtet, seine Beobachtung zu melden, damit dem Dieb das Handwerk gelegt werde.

Ob Dieb oder Jagdaufseher aber war nur festzustellen, wenn Vontobel anrief. War Giovanelli zu Hause, dann hatte Vontobel einen Wilderer gesichtet. War Giovanelli nicht zu Hause, war alles offen. Dann konnte er es sein, der den Steinböcken nachstieg, oder es konnte ein Unbefugter sein.
Vontobel wählte die Nummer und ließ es mindestens zehnmal läuten. Giovanelli meldete sich nicht.
Um halb fünf kehrte Erna zurück. Mit vom Wind gerötetem Gesicht schaute sie bei ihm herein, bevor sie ins Bad ging. Er saß am Westfenster und tat so, als lese er im Ambler.
»Ist alles gut?« fragte Erna.
»Alles ausgezeichnet. Und bei dir?«
»Bei mir auch. Ziemliche Strecke bis Samaden und zurück. Man merkt, daß man nicht mehr zwanzig ist.«
Nachdem sie ihr Bad genommen hatte, kam sie zu ihm herüber, mit Schreibzeug und einem Haufen Ansichtskarten.
»Ich muß endlich ein wenig schreiben.«
Sie setzte sich, das Gesicht dem Vater zugewandt, an den Tisch. Dort lag der Feldstecher.
»Hast du Steinböcke gesehen?«
»Keinen einzigen.«
»Gib zu, daß du überhaupt nicht hingeschaut hast.«
»Doch, habe ich. Lange sogar. Aber es war nichts zu sehen. Den Steinböcken wird das Wetter zu schlecht

gewesen sein.« Über seine Beobachtung ebenso wie seine telefonischen Unternehmungen schwieg er. Er fürchtete ihr nachsichtiges Lächeln. Er wollte auch bei ihr nicht für verkalkt gelten.

Er schaute seiner Tochter zu, wie sie, den Kopf etwas schräg, an Freunde und Verwandte Kartengrüße schrieb. Nun war sie auch schon sechsundvierzig, unverheiratet, und lebte immer noch bei ihm. Männerbekanntschaften hatte es einige gegeben, die erste, als sie noch nicht zwanzig gewesen war. Aber es war in seinen Augen keiner darunter gewesen, der als Ehemann für seine Tochter ernsthaft in Frage gekommen wäre. Seine Frau, vor fünfzehn Jahren gestorben, war in dieser Beziehung nicht immer seiner Ansicht gewesen.

»Kaum hat das Mädchen einen Mann kennengelernt, fällst du auch schon das Urteil. Gib dem Kind doch wenigstens Gelegenheit, Erfahrungen zu machen.«

Das hatte er für unverantwortliches Gerede gehalten und auch gesagt.

Jetzt, als er auf das älter gewordene Gesicht seiner Tochter schaute, fragte er sich, ob seine Frau nicht doch recht gehabt hatte. Lag nicht ein Schatten von Enttäuschung auf dieser Stirn, in diesen Augen, um diesen Mund? Seit dem Tod seiner Frau hatte Erna niemals mehr Heiratspläne geäußert, anscheinend auch keine ernsthaften Bekanntschaften mehr gehabt. Sie hatten sich beide an den unausgesproche-

nen Gedanken gewöhnt, daß Erna bei ihm bleiben würde.
»Was denkst du?« Erna hob den Kopf.
»Ach, nichts Wichtiges«, sagte er. »Gehst du morgen wieder auf die Piste?«
»Nein, ich bin wieder mit Rosenthals verabredet. Caflisch macht morgen noch einmal frei.«
Punkt sieben fuhren sie wie immer zum Nachtessen hinunter. In der Halle saß Frau Bär und wollte wissen, ob er Steinböcke gesehen habe. Nein, sagte er, obwohl er sich alle Mühe gegeben habe.
»Es hat Zeit. Sie reisen ja noch nicht so bald ab.«
»In fünf Tagen erst«, antwortete Vontobel.
»Dann behalten Sie den Feldstecher bis dahin. Die Steinböcke werden sich schon blicken lassen.«
Er dankte und war froh, daß sie ihm das Glas ließ. Hätte sie es zurückhaben wollen, hätte er sie sogar darum gebeten, es wenigstens morgen noch einmal benutzen zu dürfen.
Nach dem Essen, das wie immer großartig schmeckte, kam Frau Rosenthal an ihren Tisch.
»Ich muß Ihnen einmal zu Ihrer Tochter gratulieren, Herr Vontobel. Sie sorgt nicht nur selbstlos für ihren Vater, sie ist auch eine exzellente Langläuferin. Ließ uns heute alle weit hinter sich.«
Er nickte und war stolz auf Erna. Der Mann unter den Felsen verschwand langsam in dem wohltuenden Nebel, den der Veltliner über sein Gehirn legte.

In der Halle war ein Buffet aufgebaut, und als Vontobel mit Erna aus dem Speisesaal kam, trafen gerade die ersten Gäste ein. Die Gemeinde gebe einen Empfang für einen ihrer Bürger, der ins eidgenössische Parlament gewählt worden sei, hieß es. Vontobel sah Frau Bär bei einem bäuerlich aussehenden, kräftigen Mann stehen. Sie erblickte Vontobel und rief: »Mir wollen Sie es ja nicht glauben. Aber hier haben Sie den Mann, der am besten über Steinböcke Bescheid weiß. Darf ich vorstellen: Herr Giovanelli, der Jagdaufseher hier, also sozusagen der Vater aller Steinböcke.«

War das der Mann, den er unter den Felsen gesehen hatte? Vontobel konnte es nicht sagen. Aber es mußte ja leicht herauszufinden sein. Nur vorsichtig mußte er sein. Er wußte, wie schnell man über alte Männer grinste.

»Wissen Sie eigentlich, wie viele Steinböcke da drüben in den Felsen sind?« fragte er.

»Etwa dreißig, schätzt man«, erwiderte der Jagdaufseher in seinem gutturalen Dialekt.

»Und Sie zählen sie?«

Ja, man gehe gelegentlich hinauf, um nachzusehen.

»Auch im Winter?« Vontobel rückte der Sache näher.

»Im Winter weniger.«

»Und sicher nicht bei einem solchen Wetter wie heute?«

»Sicher nicht«, sagte Giovanelli. Heute sei er im Fextal gewesen, fügte er hinzu.
Nun wußte Vontobel, was er wissen wollte. Der Mann mit dem Gewehr war nicht der Jagdaufseher gewesen. Wenn es aber nicht der Jagdaufseher gewesen war, dann blieb nur noch ein Wilddieb. Vontobel konnte die Freude, die in ihm aufstieg, nur schwer unterdrücken. Er hatte einen Wilderer bei seinem illegalen Tun beobachtet!
Er überlegte, ob er dem Jagdaufseher gegenüber eine Bemerkung fallen lassen sollte. Aber das mochte so aussehen, als spielte er sich auf. So schwieg er lieber.
In dieser Nacht konnte er nicht schlafen. Er war aufgeregt, und ihm kam es vor, als hätten seine Ferien nach vielen Jahren endlich einen Sinn bekommen. Wäre er eigentlich immer noch ins Engadin gefahren, wenn nicht Erna darauf bestanden und behauptet hätte, es sei gut für seine Gesundheit? Wohl kaum. Jetzt aber war er einem Wilderer auf die Schliche gekommen. Am Fenster lag der Feldstecher für morgen parat. Vontobel würde den ganzen Tag beschäftigt sein.
Nervös wartete er, bis Erna nach dem Frühstück wieder mit Rosenthals wegging. Das Wetter war wie gestern, düster verhangen, Schneefall, die Berggipfel in Wolken gehüllt. Vontobel rückte den Sessel in die günstigste Position, schob den Tisch in Griffnähe und legte auch, falls längere Wartezeiten zu überbrücken

waren, den Ambler bereit. Er schaute hinaus. Noch war es zu dunkel. Vorläufig kam der Ambler zum Zug.

Gegen Mittag wurde es etwas heller. Vontobel griff nach dem Feldstecher, und die Suche begann. Systematisch ließ er seinen Blick über die Schneefelder streifen, über die Felsen, an den Waldrändern entlang, zwischen den einzelnen, allein stehenden Föhren hindurch. Trotz des Wetters war die Sicht nicht schlecht. Vontobel erkannte Spuren. Keine Skispuren, sondern Wildspuren, eine ganze Menge. Und dann sah er, im Schutz eines Felsens, die Tiere, ein Rudel Steinböcke. Er zählte. Mindestens ein Dutzend mußte es sein.

Noch vor vierundzwanzig Stunden hätten ihn die Tiere nicht interessiert. So viele Jahre hatte er keine Steinböcke gesehen. Wozu also jetzt? Er hätte im Lexikon nachschlagen können. Dort gab es sicher eine Abbildung. So hatte er gestern gedacht. Heute war alles anders. Elektrisiert folgte er jeder Bewegung des Rudels. Atemlos schraubte er am Fernglas und ließ kein Auge von den Tieren.

Einem andern ging es ebenso. Vontobel sah ihn erst nach einigen Minuten. Bewegungslos stand er auf einem Felsvorsprung, etwa hundert Meter weiter rechts oberhalb der Tiere. Der Wilderer.

Die Skier hatte er hinter sich in den Schnee gesteckt. Das Jagdgewehr hing quer über dem Rücken. Er stand, als wäre er selbst ein Stück Fels, schwarz vor dem

Schneeweiß, und beobachtete die Steinböcke, wie Vontobel jetzt ihn. Durch den Feldstecher spürte Vontobel die Spannung. Der dort war ein Gefangener, ein Häftling der Steinböcke, von ihnen gefesselt und verflucht, auf jenem Stein zu stehen und zu warten. Ihre gelben Augen hatten ihn gebannt. Vontobel glaubte, gelesen zu haben, Steinböcke hätten gelbe Augen mit einem senkrechten schwarzen Strich.

Vontobels Augen kehrten zu den Steinböcken zurück. Das Rudel schob sich langsam nach links. Gravitätisch wippten die Hörner beim Schreiten auf und ab. Der Wind kam von vorn. Sie konnten den nahen Feind nicht riechen. Aber Vontobel konnte ihn sehen. Die Bewegung der Tiere hatte auch den Wilderer beweglich gemacht, als wäre er durch Fäden mit ihnen verknüpft. Die Skier ließ er stecken. Er folgte ihnen langsam, in sicherem Abstand. Aber das schien nur so. Schnell erkannte Vontobel die List. Der Wilderer wollte die Steinböcke oberhalb umgehen, um dann, durch einen großen Felsen geschützt, auf sie zu warten. Geradewegs vor die Mündung seiner Flinte wollte er sie stolzieren lassen.

Vontobel hätte jetzt gern seinerseits ein Gewehr gehabt und geschossen, um die Tiere zu warnen und dem Wilddieb einen Mißerfolg zu bescheren. Wollte er das wirklich? Zitterte er nun um die Tiere oder wartete er auf den Schuß?

Der Mann hatte inzwischen die Flinte von seiner

Schulter genommen und hielt sie schußbereit auf den Knien.
Die Tiere näherten sich ahnungslos dem Felsen. Vontobel hechelte hinter seinen Gläsern wie ein Jagdhund. Er wagte kaum, den Blick von den Tieren zum Jäger zurück zu wechseln, aus Furcht, die Steinböcke zu verjagen.
Der Wilderer hob das Gewehr an die linke Wange. Linkshänder, vermerkte Vontobel.
Der erste der Steinböcke schritt mit geradem Rücken auf ihn zu. Da fiel der Schuß. Vontobel hörte ihn nicht. Doch er erkannte ihn am Gewehr des Schützen und am Tier. Die andern Steinböcke standen bewegungslos, dann wandten sie sich um und jagten aufwärts davon. Der erste aber hatte einen Sprung getan und war zusammengebrochen. Der Wilderer stand auf und stieg zu dem geschossenen Tier hinunter. Er nahm es wie einen Schlitten bei den Hörnern und schleifte es in den Schutz der tiefer stehenden Föhren. Aber Vontobels Blick verfolgte ihn. Gebannt sah er zu, wie der Wilddieb im Schutz der Föhren das erlegte Tier zu einem Paket zusammenschnürte. Er beobachtete ihn, wie er aufstieg, um seine Skier zu holen, und mit dem toten Steinbock zu Tal fuhr. Im tiefer liegenden, dichter werdenden Wald verlor er ihn aus den Augen. Er legte den Feldstecher auf den Tisch und merkte erst jetzt, daß er vergessen hatte, wie jeden Mittag seinen Sekt zu trinken.

Vontobel schaute auf die Uhr. Es war beinahe zwei. Was mußte er jetzt tun? Die Polizei anrufen? Er hatte zwar alles klar und deutlich durch den Feldstecher gesehen, aber würden sie ihm glauben? Zuviel hatte er vom Zusammenhalt der Bündner gehört. Bald würde Erna zurückkommen. Sollte er ihr etwas erzählen?

Sie überraschte ihn, als er gerade die Champagnerflasche verschloß. Er erzählte, und sie hörte zu, während sie sich die Fingernägel lackierte.

»Du mußt unbedingt die Polizei anrufen«, sagte sie, nachdem sie sich alles angehört hatte. »Es ist deine Pflicht.«

Er zögerte immer noch.

Nachdem die Nägel trocken waren, schrieb Erna wieder Karten. »Willst du nicht anrufen?« fragte sie.

Er konnte sich nicht entschließen.

Später sagte sie, sie bringe die Karten zur Post, und als sie zurückkam, erzählte sie, sie habe einen Polizisten gesehen. Er werde im Laufe des Abends vorbeikommen. Und dann habe sie bei Caflisch hineingeschaut, ihrem Skilehrer, und ihn endlich wieder einmal zum Nachtessen eingeladen.

Sie saßen schon am Tisch, Vontobel und Erna, und warteten auf den Skilehrer. Als er den Saal betrat, wußte Vontobel, daß er der Wilderer war. Die Größe, die Bewegungen, alles stimmte.

Erna war an diesem Abend zurückhaltend aufgeräumt. Vontobel lag auf der Lauer wie am Nachmittag der Wilderer. Er beobachtete den Mann, der ihm gegenübersaß.

»Mein Vater hat heute eine aufregende Entdeckung gemacht«, sagte Erna. »Er hat einen Wilderer auf frischer Tat beobachtet.«

Zuckte der Skilehrer zusammen? Vontobel war sich nicht sicher.

Caflisch fragte: »Und, haben Sie den Mann erkannt?«

Da Vontobel verneinte, schien ihn das Thema nicht weiter zu interessieren.

Beim Kaffee vereinbarten der Skilehrer und Erna die Stunden für die kommenden Tage. Er holte eine kleine Agenda aus der Tasche und schrieb die Zeiten auf. Er schrieb mit der linken Hand.

Der Skilehrer verabschiedete sich früh. Er habe einen anstrengenden Tag gehabt. Erna schien es zu bedauern. Sie blieb zusammen mit ihrem Vater in der Halle sitzen, um auf den Polizisten zu warten.

»Sie hätten einen Wilderer beobachtet, Herr Oberrichter, sagte mir Ihre Tochter.«

Vontobel blickte dem Polizisten strahlend ins Gesicht.

»Ja, und ich kann Ihnen auch sagen, wer es ist. Der Mann, der vor fünf Minuten das Hotel verließ. Der Skilehrer Caflisch, der hier gleich nebenan wohnt. Ich habe ihn deutlich erkannt.«

Erna ließ einen kleinen Schrei des Entsetzens hören.
»Hab ich schon lange vermutet«, sagte der Polizist.
»Dann wollen wir ihm doch gleich einmal einen Besuch abstatten.«
»Ich begleite Sie«, rief Erna.
»Wenn Sie mögen«, sagte der Polizist.
Vontobel blieb allein zurück und schaute den beiden nach. Da trat Frau Bär auf ihn zu.
»Sie hatten den Skilehrer Ihrer Tochter zu Gast? Ich glaube doch, Herr Vontobel, ich bin es Ihnen schuldig zu sagen, was man so hört. Ihre Tochter soll ja, und das nicht erst seit gestern, mit diesem Caflisch, der da drüben bei seiner Mutter wohnt, unverheiratet, also sie soll –«
Seit Jahren bestand Erna darauf, daß sie für drei Wochen hierher fuhren. Jedes Jahr sagte sie wieder, wie gut es ihm bekomme, und reservierte, ohne ihn zu fragen, gleich wieder für das nächste Jahr.
Plötzlich hörte er einen Tumult und sah seine Tochter auf sich zustürzen. Ihre Augen waren gelb vor Haß, wie die Augen der Steinböcke. Er sah, daß sie die Jagdflinte auf ihn gerichtet hielt, und nun hörte er den Schuß.
Hörte er ihn noch?

Der Herr Baron

Es war einer dieser blendenden Februartage, wie sie so grell nur im Engadin möglich sind. Sie zerrütten dir langsam die Nerven und bringen dich um deine Kräfte, weil sie dich nachts nicht schlafen lassen.
Wir waren kurz vor Mittag aufgebrochen, mit dem Postauto bis Sils Maria gefahren und von dort über den gefrorenen See nach Maloja marschiert, hatten eine Kleinigkeit gegessen, dabei festgestellt, daß wir zu müde für den Rückmarsch waren, hatten also noch einmal, in umgekehrter Richtung, das Postauto genommen und waren schon gegen drei Uhr wieder im Hotel.
Ehe wir in unser Zimmer hinauffuhren, nahmen wir einen Drink an der Bar. Um diese Zeit saß gewöhnlich niemand in der Halle, und die Barhocker standen unnütz am Tresen. Alle Gäste waren draußen an der Sonne und im Schnee.
An diesem Tag jedoch, es war ein Sonntag, saß einer, ein einziger, da, ein älterer Herr. Er trank ein Bier,

rauchte einen sehr dünnen Zigarillo in einem Halter aus Bernstein und schrieb eine Ansichtskarte. Diese Ansichtskarte schien ihm Mühe zu bereiten. Beim Schreiben lag er mehr über der Theke, als daß er saß. Jedesmal, wenn der Kellner von hinten auftauchte, redete der Mann auf italienisch mit ihm. Der Gast war unauffällig, jedoch teuer gekleidet, Kamelhaarjackett mit Hemd und Krawatte, darüber ein dunkelblauer Lodenmantel, den er trotz der Wärme in der Halle nicht auszog. Er trug eine dicke Brille. Verschwand der Kellner, beugte sich der Mann wieder über seine Ansichtskarte, las kurzsichtig das Geschriebene und schrieb weiter.

Der Gin-Tonic stillte unseren Durst nicht, wir wollten noch ein Bier bestellen. Ich trat an die Bar. Da der Kellner auf sich warten ließ, kam ich mit dem Kartenschreiber ins Gespräch. Sofort fielen mir sein gewähltes Italienisch auf und seine tadellosen Umgangsformen. Er sagte: »Es ist genauso schönes Wetter wie vor einer Woche. Da war ich auch hier. Im Winter komme ich, wenn möglich, jeden Sonntag aus dem Mailänder Smog herauf.«

Sein Gesicht war von der Sonne gerötet. Auch er bestellte sich noch ein Bier. Der Kellner redete ihn mit ›Barone‹ an.

»An Tagen wie heute begreift man, daß Nietzsche von dieser Gegend geradezu magnetisch angezogen wurde und dennoch hier nicht bleiben konnte. Es geht einem beinahe gleich. Diese Blendung halten unsere Augen, hält unser Gehirn kaum aus.«

»Nietzsche soll in Italien gegenwärtig eine richtige Renaissance erleben«, meinte ich.

»Ja«, sagte der Mann, »er hat sicherlich einen starken Einfluß auf die zeitgenössische Philosophie. Denken Sie an Vattimo und andere, Vattimo ist nur der bekannteste. Das hängt natürlich auch mit den Herausgebern der kritischen Gesamtausgabe zusammen, die beide Italiener sind.«

Meine Frau war inzwischen zu uns getreten. Wir hatten unser Bier bekommen und getrunken, und ich unterschrieb die Rechnung mit Zimmernummer und Namen. Wir wünschten dem Kartenschreiber einen guten Tag und fuhren mit dem Lift in unser Zimmer hinauf.

Nicht einen Abend verbrachten wir, an dem wir nicht das Bündner Tagblatt lasen. Drei Tage später, am Mittwoch, lasen wir, daß in Mailand ein Mörder umgehe. In der Nacht von Samstag auf Sonntag war wieder eine junge Frau auf dem Rückweg von einer Party auf dieselbe Weise wie drei vor ihr umgebracht, nämlich mit bloßen Händen erwürgt worden, das vierte Opfer innerhalb von fünf Wochen. Und jedesmal bekamen die Angehörigen in den Tagen darauf eine Ansichtskarte aus dem Engadin mit peinlich genauer Schilderung des Tathergangs, und jedesmal am Sonntag abgeschickt. Nina las mir die Notiz vor, wie

man sich in den Ferien kurze Zeitungsnotizen vorliest.
»Paßt genau auf unsern Mann vom Sonntag an der Bar«, sagte sie und lachte.
Das grelle Wetter hielt die ganze Woche über an. Am Sonntag darauf marschierten wir durch den Wald bis nach Pontresina. Hungrig geworden, beschlossen wir, einzukehren. Wir fanden einen freien Tisch und bestellten. Als wir fertig gegessen hatten, stieß Nina mich an.
»Schau dich einmal um, aber unauffällig. Hinten in der Ecke. Der Mailänder Mörder.«
Dort saß der Baron und schrieb, tief über den Tisch gebeugt, eine Ansichtskarte, trank ein Bier und rauchte in der gelben Bernsteinspitze einen dünnen Zigarillo. Trotz meiner Vorsicht wurde er auf uns aufmerksam. Er kam herüber und setzte sich auf den freien Stuhl, nicht ohne uns, insbesondere Nina, um Erlaubnis gebeten zu haben.
»Sagten Sie nicht, Sie hätten in Basel studiert?«
»Ja.«
»Dann wissen Sie sicher – Sie erinnern sich, wir unterhielten uns vor einer Woche über Nietzsche –, wie der Professor Overbeck aus Basel seinen Freund 1889 heimholte, nachdem Nietzsche in Turin wahnsinnig geworden war und an Overbeck und auch an Jacob Burckhardt Karten geschrieben hatte, die entweder mit ›Antichrist‹ oder mit ›der Gekreuzigte‹ unterzeichnet waren.«

»Dieser Overbeck«, antwortete ich, »war Professor der Theologie, beharrte aber für seine Person darauf, als solcher kein Christ zu sein, ja, keiner sein zu können.«
»Ein interessanter Mann. Ich habe vor Zeiten sein Buch über die Christlichkeit der Theologie gelesen«, sagte der Baron.
Ich war beeindruckt.
»Und – Sie schreiben Karten wie Nietzsche?« fragte Nina.
Der Baron schaute sie an.
»Ein großes Wort, das Sie gelassen aussprechen, Signora«, entgegnete er und verabschiedete sich.
»Also doch der Mörder«, sagte Nina lachend, als wir auf dem Heimweg am Stazersee vorbeikamen.
Im Hotel erzählten wir dem Kellner an der Bar, daß wir in Pontresina den Baron getroffen hätten.
»Oh, ein sehr freundlicher Herr, sehr fein und sehr gebildet«, meinte der Kellner.
»Er schrieb eine Postkarte. Wie letzten Sonntag.«
»Er schreibt jedesmal, wenn er hier ist, eine Postkarte«, antwortete der Kellner.
»Wie dieser Mörder aus Mailand«, sagte Nina.
Daraufhin erzählte uns der Kellner, seine italienische Sonntagszeitung habe schon wieder von einem Mord berichtet.
»Also vielleicht halt doch unser Mann«, warf Nina ein.

»Das ist nicht Ihr Ernst, Signora«, sagte darauf der Kellner. »Ein derart nobler Herr, so freundlich und so gebildet. Ausgeschlossen.«

Wir leerten unsere Gläser, ich unterschrieb die Rechnung. Irgendwie erleichtert gingen wir zum Lift und fuhren nach oben, um uns fürs Abendessen umzuziehen.

Die Gewohnheit, jeden Abend das Bündner Tagblatt zu lesen, gaben wir in diesen Ferien auf.

Miß Stamps will ihre Ruhe haben

Jedermann im Hotel wußte, daß Miß Stamps, die jedes Jahr von der zweiten bis zur letzten Februarwoche die teuerste Suite mit Blick auf den Silsersee und La Margna belegte, in Wirklichkeit Angela Lightington war, Autorin eines guten Dutzends Kriminalromane, die zum Besten gehörten, was es in dem Genre gab. Man kannte Miß Lightington; schließlich war ihr Bild auf der hinteren Umschlagseite jedes ihrer Bücher zu sehen. Sie standen, kongenial übersetzt von Henriette Kiechlhuber, vollzählig in der nahen Leihbibliothek. Aber niemand im Hotel las, wenigstens nicht in der Öffentlichkeit, einen der Romane von Angela Lightington, und schon gar nicht redete jemand Miß Stamps an, weder mit ihrem wirklichen noch mit ihrem ferienhalber angenommenen Namen. Wie selbstverständlich hatte sich in all den Jahren ein Mantel der Diskretion um die alleinstehende und nicht mehr junge Dame gelegt, in den sie sich kuschelte und in dem sie sich sichtlich wohlfühlte.

Als im vorletzten Februar eine junge vorwitzige Mut-

ter zweier Kleinkinder, die schon wegen ihrer durchdringenden Stimme im Speisesaal unangenehm aufgefallen war, eines Abends, während Miß Stamps gerade die Riesenscampi vom Grill zerlegte, auf sie zusteuerte, eins der Bücher in der Hand, und, für alle hörbar, um ein Autogramm bat, wurde das allgemein als ein unerhörter Stilbruch empfunden und nach dem Essen bei den Gesprächen in der Halle entsprechend scharf gerügt. Im folgenden Jahr bekamen die Frau und ihre Familie auf Anfrage hin den Bescheid, man bedaure, aber das Hotel sei für die ganze Wintersaison ausgebucht. Miß Stamps machte, kaum angekommen, dem Direktor gegenüber eine dankbare Bemerkung.
»Wir tun für das Wohl unserer Gäste, was wir können«, nickte dieser.
Nachtessen gab es ab neunzehn Uhr. Miß Stamps fuhr um neunzehn Uhr zehn mit dem Lift nach unten. Sie liebte spätes Essen nicht. Signor Bruno, der Chef de service, begleitete sie an ihren Tisch. Wie jedes Jahr war auch diesmal der Tisch hinten links in der Ecke für sie reserviert. Von hier aus sah sie alle, und kaum jemand sah sie. Noch waren nur wenige Leute beim Essen. Weit von ihr entfernt das alte Ehepaar; er, emeritierter Professor für Theologiegeschichte an einer deutschen Universität, redete ununterbrochen. Die beiden waren jedesmal für vierzehn Tage zu Gast. Dann gab es einen einsamen jüngeren Mann, den Miß Stamps noch nie gesehen hatte, und das Ehepaar um die sechzig, das

ihr am nächsten saß, war ihr ebenfalls unbekannt. Der Mann hatte ein rotes Gesicht. Die Suppe löffelte er mit aufgestützten Ellenbogen. Zu hoher Blutdruck, dachte Miß Stamps, und schlechte Erziehung.
Sie wählte als zweite Vorspeise Fisch und bestellte zu dem Veltliner, den sie sonst immer trank, eine Flasche waadtländischen Weißwein.
»Der Koch wird hoffentlich derselbe sein«, bemerkte sie zum Kellner in ihrem gebrochenen und sehr englisch gefärbten Italienisch.
Der Kellner nickte beruhigend. Hier änderte sich nichts. Weder die Gäste, noch die Köche.
Miß Stamps, sonst sehr zurückhaltend und etwas steif, lachte, rieb sich vor Vergnügen überschwenglich die Hände und besah sich das junge Paar, das den Speisesaal betrat.
Der Weißwein wurde eingeschenkt. Sie kostete sein erfrischendes Bouquet. Die klare Suppe zu Anfang war köstlich. Miß Stamps freute sich auf den Fisch. In dem Augenblick, als der Kellner ihn servierte, mattweiß auf dem dunklen Grün des Blattspinats, begann das Theater.
Der Mann, dessen mangelhafte Tischmanieren ihr aufgefallen waren, beschwerte sich beim Kellner über den Salat, so meinte Miß Stamps zu verstehen. Mit jedem Satz wurde er lauter, so daß Miß Stamps gezwungen war, mitzuhören. Er bezahle für dieses Essen keinen solchen Preis. Dann steigerte er die Lautstärke

noch weiter. Die Suppe aus dem Fleisch von vorgestern, das Stückchen Fisch, das man mit der Lupe suchen müsse, und jetzt dieses lampige Zeug. Gestern sei das Fleisch nur lauwarm gewesen, heute mute man einem abgestandenes Grünfutter zu. Wenn das so weitergehe –

Der Kellner versuchte, eifrig und erfolglos, dem Mann, dessen Kopf rot und immer röter wurde, etwas Beruhigendes zu sagen. Dieser ließ niemanden zu Wort kommen, auch nicht seine Frau. Er stieß ihre Hand weg, und der Kellner stand neben ihm mit steifem Rücken und stumpf werdendem Gesicht, als wäre er taub.

Der Kopf des Mannes war jetzt tiefrot, wechselte zu blau, und aus seinem verzerrten Mund kamen Wörter wie Betrug, Abriß, Gaunerei und miserabler Fraß.

Auf einmal verschluckte er sich. Er begann, furchtbar zu husten. Der Kellner nutzte die Gelegenheit und machte sich aus dem Staub. Die Frau stand auf und schlug dem nach Luft Ringenden mit der flachen Hand auf den Rücken, bis der Husten nachließ.

Kaum war er vorbei, schimpfte der Mann weiter, zwar leiser – Miß Stamps verstand nichts mehr –, aber in einem fortdauernden Strom, der erst versiegte, als das Ehepaar mit dem Essen fertig war und aufstand.

Miß Stamps Messer, mit dem sie das Lammcarré zerteilte, zitterte leicht, und da sie mit Nachschenken nicht warten wollte, bis der Kellner kam, verschüttete

sie Wein aufs Tischtuch. Das Essen war ihr verdorben. Wie sie solche Auftritte fürchtete und haßte! Sie brachte es nicht fertig, wie andere unbeteiligt dazusitzen und sich nicht stören zu lassen.
Sie würgte eilig den Nachtisch herunter, dann stand sie auf. Gern hätte sie noch eine Weile in der Halle gesessen, um eine Zigarette zu rauchen, aber als sie sah, daß sich der Mann mit seiner Frau an einem der Rauchtischchen niedergelassen hatte, verzichtete sie. Sie wußte, sie würde nicht anders können, als gespannt hinzuhorchen und zu fürchten, der Redeschwall breche von neuem los.
In der ersten Nacht schlief Miß Stamps nie gut: Es war eine Frage des Reizklimas und der Höhe. Aber diesmal schloß sie kein Auge. Der unangenehme Mensch mit dem roten Kopf und dem lauten Reden gönnte ihr keine Ruhe. Am liebsten wäre sie mitten in der Nacht aufgestanden und davongelaufen. Sie kam sich wie eingeschlossen vor.
Am Morgen, beim Frühstück, sah sie den Mann und seine Frau nicht. Wer weiß, vielleicht waren sie abgereist. Wenn nicht, dann hatte er gestern vermutlich einen schlechten Tag gehabt und benahm sich heute wieder wie ein zivilisierter Mensch. Miß Stamps schalt sich wegen ihrer Empfindlichkeit und nannte sich eine hysterische Gans. Sie mußte über sich selber lachen.
Es war ein strahlender Tag. Um elf brach sie zu einem

dreistündigen Marsch über den zugefrorenen See nach Maloja und zurück auf. Dann schlief sie bis gegen fünf, später schrieb sie. Es waren erste, lose Gedanken zu einem neuen Roman, dessen Gestalt sich noch nicht zeigen wollte. Danach ließ sie ein Bad einlaufen und genoß das heiße Wasser. Sie spürte am knurrenden Magen, daß sie seit dem Frühstücksbuffet nichts mehr gegessen hatte.

In einem neuen Kleid mit farbiger Schleife am Hals und weißen Manschetten fuhr sie nach unten. Am Nebentisch saß bereits der Mann mit seiner Frau, hatte die Ellenbogen aufgestützt und zerrte mit der Gabel mißmutig etwas für Miß Stamps Unerkennbares auseinander. Sie hörte schon von weitem sein mekkerndes Gerede. Es war nicht besonders laut, aber durchdringend. Er klagte mit tiefrotem Kopf über das Essen, die Bedienung, das Hotel.

Zweimal sagte die Frau: »Denk an deinen Blutdruck, Willi.«

Er hörte nicht auf. Der Kellner näherte sich ihm wie einer entsicherten Granate und schob ihm mit leicht abgewandtem Oberkörper den Teller hin. Und Willi zeigte mit dem Finger darauf und schimpfte, noch bevor er gekostet hatte.

Miß Stamps aß ohne Freude, obwohl es sautierte Poularde als Hauptgang gab, die sie besonders gern hatte. Vor Aufregung hatte sie, so bemerkte sie beim Hinausgehen, etwas zuviel Veltliner getrunken. Sie mochte sich nicht in die Halle setzen, sondern fuhr sogleich mit dem Lift nach oben. In der Nacht stieß ihr das Essen auf. Sie hatte Magenschmerzen.

Am Morgen gelang es ihr diesmal nicht, den Gedanken an den Mann, den seine Frau Willi nannte, zu verdrängen. Schon unter der Dusche fing er an, sie zu belästigen, und bis sie angezogen war, war Willi ein Popanz, der ihr die Ferien verdarb und vor dem sie schutzlos war. Obwohl Willi und Frau auch heute nicht beim Frühstück saßen, waren sie für Miß Stamps dennoch da. Auch auf dem Weg durch den Sonnenschein am Mittag konnte sie die lästigen Begleiter nicht abschütteln. Willi war allgegenwärtig, mit seinem hochroten Kopf und seinem endlosen Gemecker.

Zu arbeiten vermochte Miß Stamps nach ihrem Spaziergang nicht. Zur Entspannung setzte sie sich fast eine Stunde lang ins Bad. Sollte sie einfach später zum Nachtessen hinuntergehen? Das hätte ihren ganzen Tageslauf durcheinandergebracht, und sie wußte, welche Auswirkungen das auf ihre Arbeit hatte. Dann konnte sie gleich wegfahren.

Das Nachtessen verlief wie am Abend vorher. Als Willi eine neue Flasche Wein bestellte, zog ein Donnerwetter über den armen Kellner hin wie bei der Sintflut. Alles kam vor, die magere Suppe, die winzige Portion Fisch, das lauwarme Fleisch, die überhöhten Getränkepreise, der kalte Wein. Nur mit Mühe brachte Miß

Stamps das Essen zu Ende. Und Willi gönnte ihr auch in dieser Nacht keinen Schlaf.
Am Morgen, dem dritten ihrer Ferien, sprach sie nach dem Frühstück den Direktor an und erkundigte sich, wer der schimpfende Gast sei und ob man ihn nicht vor die Tür setzen könne. Der Direktor bat sie in sein Büro und eröffnete ihr dort mit Gesten der Verzweiflung, daß es sich um ein einflußreiches Verwaltungsratsmitglied der Hausbank seines Hotels handle.
»Sie können sich vorstellen, verehrte Miß Stamps, daß wir deshalb besonders vorsichtig sein müssen. Aber ich versichere Ihnen, wir werden unser Möglichstes tun.«
»Ich wäre Ihnen sehr verbunden«, antwortete Miß Stamps ohne Illusionen. Sie sah ein, daß sie sich selber helfen mußte. Aus Angst vor der Macht des Geldes würde niemand auch nur einen Finger rühren.
Sie hatte viel Zeit, auf dem langen, sonnigen Spaziergang darüber nachzudenken. Ferien abbrechen? Kam nicht in Frage. Sie würde sich monatelang Vorhaltungen machen, daß sie vor dem rotköpfigen Ungeheuer geflohen war. Wenn sie das Romanprojekt nicht gefährden wollte, durfte sie nicht klein beigeben.
Sie dachte an Ernest, den Helden ihrer letzten fünf Romane. Was täte Ernest in ihrer Lage? Welche Frage! Er brächte Willi um.
Gegen fünfzehn Uhr kehrte Miß Stamps ins Hotel zurück und hatte einen Entschluß gefaßt. Die Frage

war nur noch, wie sie ihn in die Tat umsetzen sollte. Ernest fand jedesmal einen unfehlbaren Weg.
Ein Zufall kam ihr bereits an diesem Abend zu Hilfe. Sie war etwas früher als sonst im Speisesaal und sah, wie Willi vor dem Essen seine Pillen nahm. Er schüttete aus einer kleinen dunkelbraunen Apothekerflasche einige Tabletten in die Hand und warf sie mit Schwung in den vor Abscheu verzogenen Mund. Das Fläschchen stand neben Willis Serviette. Dort ließen es Willi und seine Frau stehen, als sie aufstanden, und Miß Stamps konnte im Hinausgehen diskret nachschauen, was auf dem Etikett stand. Ein Mittel gegen zu hohen Blutdruck, nahm sie an. Sie merkte sich den Namen.
Übrigens, sagte sie sich, schon wieder im Lift, war Willi heute ganz erträglich gewesen. Zwar hatte er wie immer geschimpft, aber ihr war es nicht, wie an den anderen Abenden, unter die Haut gegangen. Miß Stamps machte sich nichts vor. Sie wußte, woran es lag.
Es war noch nicht zehn Uhr, und so durfte sie ruhig einen Freund, einen Arzt in Lugano, anrufen.
»Ich bin mit einer Freundin im Engadin, Doktor. Sie leidet unter zu niedrigem Blutdruck. Was soll sie nehmen? Nein, es müßte schon etwas Starkes sein. Wie heißt das? Ich schreib's mir auf. Jaja, ich begreife, nicht ohne ärztliche Kontrolle, natürlich. Wir suchen morgen den Arzt auf, aber Sie wissen ja, so ein Dorf-

doktor. Deshalb zuerst mein Anruf bei Ihnen. Keine Sorge. Danke, Doktor, herzlichen Dank, und Grüße an Ihre Frau. Ja, das Wetter ist fabelhaft.«

Jetzt kam es darauf an, das Medikament zu bekommen. In die Apotheke zu laufen ohne Rezept, war nicht möglich. Miß Stamps schaute wieder auf die Uhr. Sie mußte sich bis morgen gedulden.

Sie telefonierte, noch bevor sie duschte. Ihr Schweizer Verleger war schon im Büro, und sie klagte ihm mit aller Dramatik, deren sie fähig war, daß ihr Blutdruckmittel in London liegengeblieben sei. »Ohne meine Tabletten kann ich nicht leben, schon gar nicht schreiben. Ich schlafe im Stehen ein. Und, was das Schlimmste ist, ich habe kein Rezept bei mir.«

Das sei keine Sache, sagte der Verleger, er habe genügend Ärzte unter seinen Freunden. Noch am Vormittag kam das Rezept per Fax, ausgestellt von einem Zürcher Internisten.

Die Zeit reichte nicht, um alles an diesem Tag zu erledigen, denn Miß Stamps wollte das Medikament außerhalb von Sils einkaufen. Das Abendessen war wiederum aufschlußreich für sie. Achtundvierzig Stunden vorher hätte sie es unerträglich gefunden, aber seit sie ihren Entschluß gefaßt hatte, verfolgte sie Willis Zornausbrüche sogar mit einer gewissen Sympathie. Sie beobachtete den Mann jetzt mit dem kühlen Interesse eines Insektenforschers. Wieder beschwerte sich Willi lautstark, regte sich auf, daß sein Kopf erst rot, dann blau wurde. Und dann – das war neu – erlitt er einen Kollaps. Er brach auf seinem Stuhl zusammen, keuchte und sah aus wie tot. Der Chef de service brachte Eiswürfel, Willis Frau griff nach dem braunen Apothekerfläschchen und stopfte Willi einige der Tabletten in den Mund.

Nach fünf Minuten war Willi wieder soweit hergestellt, daß er sich erheben und von seiner Frau aus dem Saal geführt werden konnte. Miß Stamps' scharf beobachtenden Augen jedoch entging nicht der Blick, den Willis Frau dem Chef de service zuwarf.

Nach dem Frühstück am folgenden Morgen lief Miß Stamps auf den gemieteten Langlaufskiern nach Zuoz. Es war eine erhebliche Anstrengung, aber der Zweck heiligt die Mittel. In der Apotheke bekam sie auf das Rezept hin anstandslos die Fünfundzwanzigerpackung. Der Apotheker machte sie auf die Notwendigkeit ärztlicher Kontrolle aufmerksam, besonders in dieser Höhe.

Mit der Rhätischen Bahn fuhr eine fröhliche Miß Stamps nach St. Moritz zurück und nahm dort ein Taxi nach Sils. Kurz nach vier Uhr war sie wieder in ihrem Zimmer.

Sie bereitete alles genau vor. Sie zog sich festlich an; heute war Freitag, Tag des Bauernbuffets. Da war im Speisesaal ein Kommen und Gehen wie sonst nie. Früher als sonst fuhr sie hinunter.

Im Speisesaal war noch niemand außer den Köchen und Kellnern, die das Buffet aufbauten. Miß Stamps tat, als suche sie etwas, griff nach Willis Medikamentenfläschchen auf dem Nachbartisch, schraubte es auf und leerte die Papiertüte voll Tabletten hinein, die sie mitgebracht hatte. Dann ging sie wieder hinaus und las in der Halle eine alte Ausgabe der Times.

Als Miß Stamps in den Speisesaal zurückkehrte, saßen Willi und seine Frau schon da und waren am Essen. Willis Frau schien es nicht zu schmecken. Ihr Gesicht wirkte müde und krank. Dagegen hatte Willi seinen guten Tag. So, daß es jedermann hören konnte, verkündete er, ein derartiges Essen wünsche er sich jeden Abend, das sei endlich etwas Anständiges zwischen den Zähnen.

Dann – Miß Stamps nahm sich gerade Maissalat am Buffet – wurde Willi der Nachtisch serviert. Frische Erdbeeren mit Rahm. Kaum hatte Willi die erste winterliche Erdbeere zum Mund geführt, explodierte er wie eine Granate. Er spie die angekaute Beere in hohem Bogen aus, fluchte wie ein Henkersknecht und konnte auch nach einem halben Dutzend Sätze nicht aufhören. Sein Kopf wurde rot, schließlich blau. Dann sank er im Stuhl zurück und verstummte.

Seine Frau schaute ihn mit weit geöffneten Augen an. Es ist kein Schreck darin, dachte Miß Stamps. Willis Frau zögerte einen Augenblick, dann griff sie nach

dem Fläschchen und schob ihrem Mann Tabletten zwischen die Lippen. Er schluckte. Er stöhnte. Dann fiel der Kopf nach hinten. Willi war tot.
Der Arzt war schnell da. Er stellte das Ableben des Mannes fest. Er ließ sich Willis Aufregung schildern und kostete, aus reiner Routine, eine der Erdbeeren von Willis Teller. Sogleich spuckte er sie wieder aus.
»Pfui Teufel, was habt ihr denn da draufgetan?« rief er.
Der Koch, der in der Tür stand, kicherte, der Chef de service nickte und – Miß Stamps sah es wohl – warf Willis Frau einen verschworenen Blick zu. Der Blick, den er zurückbekam, war voll Dankbarkeit.
»Ich glaube, es ist nur der Rahm. Ein bißchen ranzig«, sagte sie leise.
Der Arzt schaute noch einmal auf den Toten. Dann griff er nach dem braunen Fläschchen, schraubte es auf und betrachtete eine der Tabletten. Der Polizist und der Direktor traten zu ihm. Der Doktor zeigte auf die Pille in der Handfläche und redete dazu. Fragend blickte der Direktor zu Miß Stamps herüber. Wie konnten Sie nur! Wir waren doch dabei, den Fall zu regeln, las sie in seinen Augen. Gemeinsam kamen der Arzt und der Polizist an ihren Tisch.
»Miß Stamps?« fragte der Arzt.
Sie nickte.
»Miß Stamps, ich hätte Sie morgen besucht. Ein Studienfreund, Internist in Zürich, rief mich heute an. Er

war beunruhigt, weil er Ihnen, ohne Sie zu kennen, ein Medikament verschrieben hat. Ein sehr starkes Mittel. Er meinte, Sie sollten es nicht ohne ärztliche Kontrolle einnehmen.«

»Frau Lightington«, sagte der Polizist, »ich glaube, Sie sind uns eine Erklärung schuldig.«

»Camillo's Secret«

Die Bar ist sehenswert. Die Rückwand besteht aus zwei Rundbögen, wie die Wetterhäuschen in meiner Kinderzeit. War es schönes Wetter, kam links das bunt gekleidete Fräulein heraus, war es schlechtes Wetter, rechts das Männchen in schwarzweiß. Oberhalb der beiden Bögen verläuft ein Regal über die ganze Breite der Wand, darauf stehen Camillos Pokale.
Camillo ist der Barkeeper. Er arbeitet mindestens so lang im Hotel, wie wir hierher in die Winterferien kommen. Ein kleiner, drahtiger Italiener mit einem losen Mundwerk. Seine Sprüche sind legendär und verdienen es auch. Noch mehr verdienen es seine Kreationen. Sie tragen phantastische Namen, Bloody Mary oder Sunshine, Saratoga, La Margna und so weiter. Die meisten haben eine rötliche Farbe und werden mit Orangenschnitzen am Glasrand und einem farbigen Röhrchen serviert. Auf der Karte der Bar sind Camillos Kreationen der Reihe nach aufgeführt. Darunter steht jeweils, wo er sie zum erstenmal gemixt und welchen Preis er damit gewonnen hat.

Zum Beispiel Lady's Dream, St. Moritz 1976. Oder Whisky Piz Err, Nice 1982. Für jeden Rang, den Camillo mit einem seiner Drinks erreicht hat, steht dort ein Pokal.

Gestern, nach dem Abendessen, saß ich in der Halle und hatte Camillos versammelte Auszeichnungen vor mir. Während ich mein obligates Gute-Nacht-Bier trank, zählte ich sie. Es waren achtunddreißig. Achtunddreißig Pokale, Becher und Cups in allen möglichen Formen.

Dann wurde ich auf den Architekten aufmerksam. Den Architekten nenne ich für mich einen älteren Herrn, der abends meist eine rote Jacke mit farbigem Hemd und originell gemusterter Krawatte trägt. Groß ist er und ziemlich korpulent mit kurzgeschorenen Haaren. Er wird von einer auffallend hübschen jungen Frau begleitet, möglicherweise seiner Ehefrau. Die beiden trinken jeden Abend zuerst ein Glas Champagner, dann nimmt sie einen Cognac und er den Drink des Tages, dessen Name am Eingang zur Bar angeschrieben ist.

Der Architekt scheint Camillo gut zu kennen, und Camillo reserviert jeden Abend denselben Tisch für ihn und seine Begleiterin. Sie scherzen miteinander und lachen, und der Architekt nennt Camillo »maestro«, Camillo den Architekten »professore«.

Gestern abend nun, nachdem der Architekt mit seiner Frau wie jeden Abend den Champagner getrunken und der Kellner ihr den Cognac und gleich darauf Camillo selbst ihm den Drink des Tages – er hieß Sunshine – gebracht und der Architekt davon gekostet hatte, wurde es unruhig an dem Tisch. Der Architekt rief Camillo zurück. Er zeigte verärgert auf das Glas mit dem rötlichen Drink. Ich verstand nicht, was er sagte, aber es mußte eine empfindliche Reklamation gewesen sein. Camillo nämlich warf sich wie ein beleidigter Hahn in Positur. Der Architekt wurde immer lauter.

»Unmöglich, professore, ganz ausgeschlossen«, protestierte Camillo.

»Wenn ich es doch sage. Schmeckt gräßlich!« gab der Architekt zurück.

Daraufhin griff der Barkeeper zornig nach dem Glas. Es sah aus, als wolle er es dem Architekten ins Gesicht schleudern.

»Sie beleidigen mich«, sagte er scharf, entfernte sich mit langen Schritten und verschwand durch einen Bogen der Bar. Wenig später kehrte er lächelnd zurück. Auf einem silbernen Tablett servierte er dem Architekten einen neuen Drink. Der Architekt kostete.

»Sehen Sie«, sagte er befriedigt.

Camillo lachte schallend. »Es ist dasselbe Glas. Ich habe bloß ein wenig nachgefüllt, professore«, sagte er im Weggehen.

»Man sollte Ihnen Ihre sämtlichen Pokale wegneh-

men, Camillo«, rief der Architekt halb im Scherz hinter ihm her.
Ich trank mein Bier aus und ging zu Bett. Schnell schlief ich ein, wachte aber gegen morgen früher als gewohnt auf. Da ich nicht wieder einschlafen konnte, stand ich auf, zog mich warm an, um ein paar Minuten nach draußen zu gehen. Ich habe die Erfahrung gemacht, daß ich hinterher um so besser weiterschlafe.
Das Entrée war hell beleuchtet. Ohne es zu beachten, verließ ich das Haus. Die kalte Luft füllte die Lungen und beruhigte die Nerven.
Als ich nach zehn Minuten zurückkehrte, stand ein schwarzer Wagen vor dem Eingang, die Hecktür war aufgeklappt. Zwei Männer waren dabei, einen Metallsarg auf einer Schiene hineinzuschieben. Der Hoteldirektor, gerade aus dem Bett geholt, stand daneben. Als er mich kommen sah, schaute er mich unwirsch an.
»Was ist los?«
»Wir haben einen Todesfall. Bitte, sagen Sie keiner Menschenseele was davon. Ein Todesfall im Hotel kann sehr unangenehme Folgen haben.«
»Um wen handelt es sich denn?«
Er brauchte nicht zu antworten. Im selben Augenblick kam die Frau des Architekten aus dem Haus und stieg weinend in den Leichenwagen. Ich ging nach oben und legte mich wieder zu Bett.

Es hat sich wohl nicht herumgesprochen. Jedenfalls läßt sich niemand etwas anmerken. Und es ist purer Zufall, daß ich für mein Gute-Nacht-Bier am selben Tisch sitze wie gestern, mit Blick auf die Pokale.
Camillo läuft hocherhobenen Hauptes herum. Ich kann es nicht lassen, noch einmal seine Preispokale zu zählen. Neununddreißig. Einer mehr als gestern. Ist es der elegante schmale links?
Ich schaue hinüber zum Eingang, was dort angeschrieben steht. »Camillo's Secret.« Ich greife zur Karte auf dem Tisch. Zuunterst steht handschriftlich angefügt: »Camillo's Secret.«

Die Mitfahrerin

Daß jemand mit Skiern an der Straße stand und mitgenommen werden wollte, war für Burkard Lehmann, achtundsechzig, pensionierter Sekundarschullehrer, unterwegs in einem neuen Subaru mit Vierradantrieb ins Engadin, überraschend. Das Mädchen hatte sich die Langlaufriemen links und rechts an den Rucksack geschnallt. Es sah aus, als ob es zwei Flügel hätte. Ein Engel, dachte Burkard, und hielt an. Es war etwas oberhalb von Bivio an der Straße gegen den Julier.

»Wohin wollen Sie denn?« fragte Burkard.

»Wohin fahren Sie?«

»Ich fahre ins Engadin, nach Sils Maria«, antwortete Burkard.

»Dann fahre ich auch ins Engadin«, sagte das Mädchen. »Darf ich mitfahren?«

Burkard stieg aus, half ihr, die Skier vom Rucksack zu lösen, und klemmte sie zu seinen eigenen auf den Dachträger. Den Rucksack legte er auf den Rücksitz. Er war klein und leicht.

Das Mädchen gefiel ihm. Seine hüpfenden Bewegungen, das kleine, runde Gesicht unter dem kurzen schwarzen Wollhaar, der bunte Skidress, alles gefiel Burkard. Ein Hauch von Frische war um das Mädchen, und Burkard sog ihn ein.
Das Mädchen setzte sich neben ihn. Noch im Sitzen hatte es etwas Hüpfendes. Burkard sah es und freute sich daran.
»Sie haben kein bestimmtes Ziel?« fragte er beim Weiterfahren.
»Ich gehe, wohin man mich mitnimmt.«
»Und woher kommen Sie?«
»Ach, aus dem Unterland.«
Das war keine sehr genaue Ortsbezeichnung, und obwohl Burkard als Experte im Bestimmen von Dialekten galt, konnte er an ihrer Sprache keine besonderen Merkmale erkennen. Doch er forschte nicht weiter. Er fand es reizvoll, nicht alles zu wissen.
»Und Sie?« fragte das Mädchen.
»Ich heiße Burkard Lehmann, bin achtundsechzig Jahre alt, pensionierter Sekundarschullehrer aus Zürich, und ich fahre für vierzehn Tage nach Sils Maria.«
Warum wollte er von dem Mädchen nichts Genaueres wissen und warum hatte er das dringende Bedürfnis, ihm möglichst viel von sich selbst zu erzählen? Auch nach zehn Minuten wußte er noch nichts von seiner Mitfahrerin, als hätte das Mädchen keine Geschichte,

sie aber wußte fast alles von ihm. Daß er gern Geschichte weiterstudiert hätte bis zur Promotion, daß es aber aus wirtschaftlichen Gründen damals nicht möglich gewesen sei.

Er war sechsundzwanzig, als er heiratete. Verena, seine Frau, hatte er im Lehrerseminar kennengelernt, und ihm war wie ihr schon damals klar, daß es für sie nie einen anderen Mann, für ihn nie eine andere Frau geben würde. Und so war es dann auch gekommen. Acht Jahre waren sie miteinander verlobt, nach seinem Sekundarlehrerexamen heirateten sie.

Eigentlich war geplant, daß Verena so lange arbeitete, bis Kinder kämen, aber als keine kamen, unterrichtete sie weiter, auch dann noch, als sie in die Stadt zogen. Sie hatten das Glück, auch in der Stadt im selben Schulhaus arbeiten zu können. Alles, was in der Schule vorfiel, besprachen sie miteinander. Auch alles andere im Leben. Jeden Tag machten sie den Weg zur Arbeit gemeinsam. Dies bedeutete ihnen beiden besonders viel. Und dann natürlich die gemeinsamen Ferien. Seit zwanzig Jahren fuhren sie jeden Winter für vierzehn Tage nach Sils, immer in dasselbe Hotel, das besonders für Langlauf günstig lag. Jahr für Jahr dasselbe Zimmer, sehr ruhig, im obersten Stock.

In den ersten Jahren unternahmen sie noch Abfahrten, dann aber verlegten sie sich immer mehr auf Langlauf, bis sie vor zehn Jahren das Abfahren ganz bleiben ließen.

Jahr für Jahr freuten sie sich schon auf die nächsten Ferien, bis dann, vor ziemlich genau zweieinhalb Jahren, Verena, mittlerweile ebenfalls im Ruhestand, von einem Tag auf den andern schwer erkrankte, plötzlich, wie aus heiterem Himmel. Bauchspeicheldrüsenkrebs. Zwar fuhren sie im vorletzten Winter trotzdem noch einmal ins Engadin. Beide standen sogar wieder auf den Langlaufskiern und zogen kleine Runden. Und sie machten sich schon Hoffnungen, daß es vielleicht doch eine Besserung gäbe. Aber kaum aus den Ferien zurückgekehrt, wurde es schlimmer und schlimmer, ein rasanter Zusammenbruch, und Ende Mai starb Verena nach langen Leidenswochen.

»Es war eine Erlösung für sie, wenn man das so sagen darf«, wandte sich Burkard an seine Mitfahrerin. Aber schwer und fast unerträglich sei es für ihn gewesen. Jedenfalls habe er es im letzten Februar nicht übers Herz gebracht, allein ins Engadin zu fahren, und die Langlaufskier habe er den ganzen Winter über kein einziges Mal angerührt.

Doch jetzt habe er allen Mut zusammengenommen. Im September schon habe er sich telefonisch in dem Hotel angemeldet und habe gesagt, er wolle dieses Jahr wiederkommen, aber nur unter der Bedingung, daß er das alte Zimmer haben könne. Er habe der Direktion den Vorschlag gemacht, er bezahle das Doppelzimmer, freilich bei einfacher Pension. Er habe sich keine großen Hoffnungen gemacht, daß das Hotel auf seinen Vorschlag eingehe, schließlich würde schon Hochsaison sein. Um so überraschter sei er gewesen, daß er das gewohnte Zimmer erhalten habe. Und nun sei er also auf der Fahrt hinauf, zum erstenmal allein, nicht ohne eine gewisse Furcht.

Das Mädchen saß neben Burkard und hörte zu, und er sog im Erzählen seinen Geruch ein, der ihm wie süßer Wein die Zunge löste. Sie waren schon zwischen den beiden Säulenstümpfen auf dem Julier hindurch, als Burkard sagte: »Jetzt wissen Sie so viel von mir, und ich weiß nicht einmal Ihren Namen. Sagen Sie mir wenigstens, wie Sie heißen?«

»Ich heiße Lilith«, antwortete das Mädchen.

»Und nichts weiter?«

»Nichts weiter.«

»Lilith. Eigenartiger Name. Nicht ohne dunkle Bedeutung«, sagte Burkard.

»Wirklich?« fragte das Mädchen.

»Und was haben Sie vor im Engadin?«

Das Mädchen zuckte die Schultern.

»Langlaufen«, stellte Burkard fest.

»Ja«, sagte das Mädchen.

»Und wo?«

»Weiß ich noch nicht.«

»Nirgends bestellt?«

»Nein.«

»Und keine Freunde oder Bekannten, die auf Sie warten?«

»Keine.«
Mit einem Mal fuhr Burkard ein Gedanke durch den Kopf. Da war das Mädchen, das niemand erwartete, dessen Duft ihn bezauberte, dessen hüpfende Bewegungen ihn erheiterten und dessen Nähe ihn gesprächig machte. Da war dieses Mädchen, und dort unten in Sils Maria, das jetzt bald sichtbar wurde, wartete auf ihn, der allein war, im Hotel ein Doppelzimmer. Wie, wenn er, statt allein, zu zweit einträfe? Daß ein seit anderthalb Jahren verwitweter Mann eine Freundin fand, war nichts Ehrenrühriges. Es brauchte ja niemand zu wissen, daß sie sich gerade erst kennengelernt hatten, wenn von Kennenlernen überhaupt die Rede sein konnte. Und daß das Mädchen soviel jünger war als er – sie war sicher noch nicht einmal Mitte zwanzig –, nun ja. Vielleicht fanden einige das lächerlich. Sollten sie.
Burkard war fest entschlossen, Lilith den Vorschlag zu machen, sie solle die zehn Tage bei ihm wohnen. Er suchte nach Worten, mit denen er es ihr sagen konnte, ohne in den Verdacht zu geraten, er habe unmoralische Absichten. Viel Zeit blieb ihm nicht. Waren sie einmal im Tal, mußte Lilith bald aussteigen.
»Das Zimmer, das ich bestellt habe, ist, wie gesagt, ein Doppelzimmer. Und ich bin allein. Wenn es Sie nicht störte, böte ich Ihnen gerne an, die zehn Tage das Zimmer mit mir zu teilen. Selbstverständlich auf meine Kosten.«

Er fürchtete ihre Verlegenheit oder ihre Entrüstung. Aber sie sagte ganz sachlich: »Das stört mich nicht.«
»Heißt das, daß Sie mein Angebot annehmen?« fragte er erleichtert.
»Ja.«
»Aber Sie dürfen nicht glauben –«
»Ich glaube nichts. Keine Furcht, Burkard. Schöner Name, Burkard. Irgendwie mittelalterlich, und vornehm. Ganz anders als die heute gebräuchlichen Vornamen. Darf ich Burkard sagen?«
»Ja, gerne. Ich danke Ihnen, Lilith.«
In Silvaplana bog er nach rechts ab. Zehn Minuten später waren sie da. »Ich bin doch nicht allein. Wir sind zu zweit«, sagte Burkard zur Hotelsekretärin, als sei es das Normalste auf der Welt, und die Hotelsekretärin verhielt sich entsprechend. Der Hausbursche in der grünen Schürze trug ihnen das Gepäck voran nach oben, Burkards zwei Koffer und Liliths winzigen Rucksack. Er stellte alles ins Zimmer, und Burkard gab ihm die fünf Franken Trinkgeld wie immer. Der Hausbursche bedankte sich, dann zog er die Tür hinter sich ins Schloß.
Da standen sie, Lilith und Burkard, und schauten einander an. Lilith lächelte. Sie kam auf ihn zu, legte ihm die Hände auf die Schultern und küßte ihn auf beide Wangen.
»Danke«, sagte sie. »Darf ich ein Bad nehmen?«
Er nickte. Er hob den größeren seiner beiden Koffer

aufs Bett und öffnete ihn. Lilith, ohne sich von seiner Anwesenheit stören zu lassen, zog sich aus.

»Ich bin im Bad«, rief sie und hüpfte hinaus. Die Tür ließ sie offenstehen. Er hörte, wie sie das Badewasser einließ und in die Wanne stieg. Sie planschte und pfiff. Er hörte ihre Bewegungen beim Waschen. Währenddessen packte er den zweiten Koffer aus und legte, wie er es immer getan hatte, alles ordentlich in den Wandschrank links. Der Wandschrank rechts war immer für Verena bestimmt gewesen. Als er die leeren Koffer im Kämmerchen neben der Tür verstaut hatte, setzte er sich in den Sessel am Fenster und wartete.

Lilith kam aus dem Badezimmer, das Badetuch um die Hüften geschlungen. Er betrachtete ohne Scheu ihre kleinen Brüste, die wie das ganze Mädchen unaufhörlich hüpften, und die Linie, die vom Nabel aufwärts lief.

Sie packte ihre Sachen aus. Es war wenig, fast nichts, was in dem kleinen Rucksack Platz hatte. Ohne zu fragen, legte sie sie in den Schrank, der Verenas gewesen war.

Er würde ihr passende Kleider kaufen. Mit Freude dachte er daran, wie sie miteinander in die feinen Geschäfte von St. Moritz fahren und etwas für sie aussuchen würden. Er mußte tief durchatmen vor Aufregung und spürte einen leichten Druck in der Herzgegend, der ihn daran erinnerte, daß er sein Medikament nicht vergessen durfte. Er schluckte eine Ta-

blette, dann brachte er seine Toilettensachen ins Badezimmer.
Liliths Zahnbürste war schon da, dazu ein paar Tuben und winzige Töpfchen, ein Lippenstift und ein übergroßer rosaroter Kamm.
»Zieht man sich hier zum Nachtessen gut an?« fragte Lilith.
»Ja, im allgemeinen schon«, rief er schonend zurück. Sie hatte ja nichts bei sich. Er schloß die Tür, ging auf die Toilette, wusch sich die Hände und tauchte das Gesicht ins Wasser.
Als er ins Zimmer zurückkam, war Lilith schon angekleidet. Sie trug ein billiges farbiges Fähnchen. Es stand ihr atemberaubend. Burkard tauschte, ohne sich vor ihr zu schämen, die zerknitterte Manchesterhose gegen die dunkle, wechselte das Hemd und band sich eine Krawatte um. Ins Brusttäschchen des dunkelblauen Blazers mit den Goldknöpfen steckte er ein Tüchlein.
»Gut sieht das aus«, kommentierte Lilith.
»Gehen wir«, sagte Burkard mit einem Anflug von Ausgelassenheit. Sie standen nebeneinander vor dem Spiegel. »Ich finde, wir sollten etwas regeln, bevor wir hinunterfahren. Wir können zueinander doch nicht Sie sagen. Zwei, die in einem Zimmer schlafen und Sie zueinander sagen.«
»Burkard«, sagte Lilith und küßte ihn auf den Mund.

Der Chef de service zog lächelnd das Gesicht in die Breite, als er Burkard mit dem jungen Mädchen kommen sah. Lächle du, dachte Burkard. Stolz schritt er voraus an ihren Tisch.

Lilith aß mit Appetit und Vergnügen und trank gern von dem Veltliner, den Burkard bestellt hatte. Sie hüpft auch beim Essen und Trinken, dachte Burkard fröhlich und schaute die kurze schwarze Locke an, die auf ihrer Stirn auf und nieder wippte.

Sie ließen sich Zeit. Burkard hätte sie immer betrachten und darüber das Essen vergessen können. Fast als letzte verließen sie den Speisesaal. Es war schon nach zehn.

»Ich bin ziemlich müde«, sagte Lilith.

»Dann fahren wir gleich hinauf?«

Sie tranken trotzdem noch einen Whisky in der Halle. Burkard sah unter den Gästen einige vertraute Gesichter aus früheren Jahren, doch hielt sich jedermann verlegen oder diskret oder mißbilligend zurück.

Oben drehte Lilith das Radio an und ging ins Badezimmer. Das Zimmermädchen hatte die Bettdecken aufgeschlagen, Nachttüchlein vor die Betten gelegt. Auf Burkards Bett war sein blauweißer Schlafanzug kunstvoll zu einer Figur drapiert, auf Liliths Bett lag nichts.

Lilith kam ausgezogen aus dem Badezimmer. Nackt kroch sie unter die Decke.

Als auch Burkard im Bett lag und das Licht gelöscht

hatte, schlüpfte Liliths nackter Arm wie eine Schlange unter der Decke hervor. Sie fuhr ihm mit der Hand durch das Haar und sagte: »Danke für alles. Schlaf gut.«

Er stützte sich auf, neigte sich zu ihr hinüber, wie er es bei Verena immer getan hatte, sog ihren Duft ein und küßte sie auf den Mund. »Schlaf gut. Ich danke dir.«

Er konnte trotz ihres Wunsches nicht schlafen. Seine Sinne waren hellwach. Er versuchte, ihr Profil im nächtlichen Gegenlicht zu erkennen. Ihm fiel ein, daß er vergessen hatte, sein Medikament zu nehmen. Ach, sollte das Medikament Medikament bleiben. Er horchte auf Liliths Atem und konnte ihn nicht hören. In der Hoffnung einzuschlafen, drehte er sich von ihr weg. Hier fand er den Schlaf erst recht nicht. Also drehte er sich wieder um und lag mit offenen Augen.

»Burkard«, flüsterte es aus dem andern Bett.

»Ja«, flüsterte er ebenso leise.

»Schläfst du?«

»Nein.«

»Ich auch nicht.«

Lange Pause.

»Burkard.«

»Ja.«

»Liegst du gut?«

»Warum?«

»Lägst du nicht besser bei mir? Warum kommst du nicht zu mir?«

Wieder kam die Schlange ihres Arms zu ihm herüber, nahm seine Hand und legte sie auf das Niemandsland von Liliths nacktem Bauch. Da lag die Hand. Die Schlange ließ sie allein. Die Hand lag zuerst wie tot, dann kam Leben in sie. Sie begann zu zittern, und das Zittern setzte sich fort, den Arm hinauf und breitete sich aus in Burkards Körper und wuchs an zu einem Beben. Ihm war, als werde er von einer Lawine ergriffen, die ihn fortrisse, und er habe keine Gewalt über sich. Er warf die Decke weg und rollte sich auf Liliths Bett hinüber. Er liebkoste sie und legte sich auf sie, und sein Gehirn brannte und zerschmolz zu einem kleinen Klümpchen schwarzer Schlacke.

Er blieb die ganze Nacht bei ihr liegen. Am Morgen, Schnee und Sonne leuchteten ins Zimmer, mochten sie sich nicht trennen. Sie verpaßten das Frühstück, und als sie, kurz nach Mittag, endlich zu einem späten Kaffee hinuntergingen, waren sie schon für die Langlaufloipe angezogen.

Lilith drängte hinaus. Sie glitt voraus durch den blendenden Sonnenschein, als hätte sie eine Nacht tiefsten Schlafes hinter sich. Burkard folgte. Er fühlte eine befreiende Erschöpfung in sich. Endlich war das Halseisen gelöst, das Verenas Tod ihm umgelegt hatte. Endlich war er aus dem Schatten des Trauergefängnisses wieder in die Sonne des Tages hinausgetreten.

Je länger sie liefen, desto freier atmete Burkard, desto breiter wurde seine Brust. Als sie zurückkamen, zogen

sie sich aus und liebten sich und mußten sich nachher beeilen, nicht zu spät zum Nachtessen zu kommen.
Sie schliefen wenig. Burkard spürte den Strom des Lebens in seinen Leib fließen wie Wasser in ein ausgetrocknetes Bachbett.
Als sie am zweiten Tag auf dem zugefrorenen See nach Silvaplana unterwegs waren, Lilith voraus, er hinter ihr, stieß er plötzlich einen Jauchzer aus gegen den tiefblauen Himmel. Ihm war, als dringe dieser ganze unendliche Himmel in sein Herz. Dann wurde der Himmel dunkel, und Burkard sah vor dem schwarzen Hintergrund Verena stehen. Sie winkte ihm zu. Hinter ihr stand ein Engel, und er wußte, daß es der Engel des Todes war. Ein süßer junger Engel war es. Er hatte Liliths Gesicht, und statt der Flügel trug er zwei Langlaufskier an einem winzigen Rucksack auf dem Rükken.
Burkard lag mit ausgebreiteten Armen tot auf dem Eis.
»Herzschwäche«, stellte der Arzt fest, den Langläufer gerufen hatten. Und er fügte hinzu: »Geschieht oft in den ersten Ferientagen. Gibt es eigentlich Angehörige?«
»Lief ihm nicht ein junges Mädchen voraus?« fragte eine Frau.
»Ich habe niemanden gesehen«, sagte der Mann neben ihr.

Die Schuhe drücken

Auf halbem Weg über den zugefrorenen See von Sils Maria nach Maloja begannen dem andern, die neuen Schuhe zu drücken. Es war der dritte Tag der Skiferien, tiefblauer Himmel, gleißender Sonnenschein auf dem Schnee, und es war das erste Mal, daß er ihn spürte, einen stechenden Schmerz im Knöchel an der Innenseite, erst am linken Fuß und bald darauf am rechten, wie wenn ihm eine Rasierklinge ins Fleisch gedrückt würde.

Vielleicht habe er die Schuhe zu fest gebunden, meinte Freddy. Sie waren stehengeblieben. Freddy bückte sich, löste die Nesteln, wobei er das Gleichgewicht verlor und in den Schnee kippte. Sie lachten. Dann band er ihm die Schuhe neu.

Es zeigte sich schnell, daß es zwecklos gewesen war. Schon der zweite Schritt schmerzte links wieder; auch rechts war es nicht besser. Im Gegenteil: Die Schmerzen wurden immer schlimmer. Freddy riet ihm, die Haltung der Füße in den Schuhen zu verändern. Es nützte nichts. Der Schmerz wurde noch stechender.

Freddy schaute nach vorn. Vor ihnen zog sich der Weg nach Maloja hin. Sicher noch eine Stunde. Er wandte sich um und schaute zurück. Der Weg nach Sils war fast gleich lang. Weitermarschieren oder zurücklaufen? Es kam auf dasselbe heraus. Eine Unzahl schmerzender Schritte lag auf beiden Seiten vor dem andern.
Gingen sie vorwärts, konnten sie in Maloja das Postauto nehmen. Es hielt vor ihrem Hotel. Freddy erinnerte sich an einen Satz, den seine Mutter immer gebraucht hatte. »Nur nicht daran denken, dann tut es nicht mehr weh«, hatte sie gesagt, wenn er als Kind weinend zu ihr gerannt war.
Seine Mutter. Zum erstenmal war er diesmal ohne seine Mutter in die Ferien gefahren. Sie war im vergangenen Juni gestorben. Er hatte zwar nicht bei ihr gelebt, aber ganz in der Nähe. Den andern hatte er vor ihr verstecken müssen.
»Nimm dir doch endlich eine Frau«, hatte sie oft zu ihm gesagt. Er und der andere hatten genau gewußt, was das bedeutete. »Untersteh dich, mir das anzutun«, sollte es in Wirklichkeit heißen.
»Nur nicht daran denken, dann tut es nicht mehr weh«, sagte er. Trotzdem wimmerte der andere weiter, die Knöchel schmerzten höllisch, und er würde morgen keinen Schritt tun können. Freddy stellte sich vor, wie sich an den Füßen des andern blutunterlaufene Blasen bildeten und wie die Wadenmuskeln sich

wegen des dauernden Schmerzes verkrampften. Aber es waren ja nicht seine Füße und Beine, und der andere ging ihn nichts an, solange er nur marschierte. Er konnte ihn anschauen, wie man eine Fliege anschaut, bevor man sie zerdrückt, nein, leidenschaftsloser, wie einen interessanten Stein, den man am Weg gefunden hat.

»Du mußt nur nicht daran denken«, sagte Freddy noch einmal, und sie schritten tüchtig aus.

Wenn sie im Hotel zurücksein würden, würde er dem andern die Schuhe und die Strümpfe ausziehen und mit klinischer Aufmerksamkeit das Resultat des Drucks auf die Knöchel begutachten.

Der andere mußte jeden Schritt spüren, und je länger sie marschierten, desto mehr erfüllte jeder Schritt Freddy mit Genugtuung. War der Weg über das Eis uneben oder sanken sie sogar ein wenig ein, so würden die Klingen noch tiefer in den Knöchel des andern dringen, die Haut aufschneiden und den Knochen bloßlegen, der dann weiß aus dem blutigen Rot hervorleuchten würde.

In Maloja aßen sie eine gebratene Forelle. Der andere stach ihr mit der Gabel die matten Augen aus.

Als sie vom Essen aufstanden, brach bei dem andern der Höllenbrand von neuem los. Freddy sah ihn sich krümmen. Er lachte, das Gelächter schäumte wie ein Wasserfall. Der andere reagierte prompt: Er wollte kein Schwächling sein und den Spott nicht auf sich sitzen lassen. So biß er die Zähne zusammen und marschierte los, ja, er entschied, daß es Verweichlichung sei, das Postauto zu nehmen, und verordnete ihnen beiden den langen Marsch zu Fuß zurück über den See.

Zweimal wollte der andere unterwegs schlappmachen. Aber abgesehen davon, daß man sich auf der freien Fläche des zugefrorenen Sees nicht einfach hinsetzen konnte, brauchte Freddy nur spöttisch zu lachen, und der andere rappelte sich wieder auf.

Es fing schon an, dämmrig zu werden, als sie sich dem Dorf und dem Hotel näherten. Freddy spürte, daß den andern die Kräfte verließen, als rinne Sand aus einem löcherigen Sack. Er wankte. Eine Dame, die ihnen entgegenkam, fragte, ob er sich unwohl fühle. Freddy antwortete an seiner Stelle, es gehe schon. Er lachte und schwang die Peitsche seines Spotts, und der andere lief weiter, obwohl er nicht mehr konnte.

Im Zimmer knotete Freddy dem anderen die Schnürsenkel auf, machte die Schäfte weit, um die Füße aus der Umklammerung zu befreien. Dann riß er die Socken herunter. Er erwartete, blutunterlaufene Füße zu sehen, aber sie waren weder blutig, noch hatten sie Blasen an den Knöcheln. Links ein roter Fleck, rechts ein roter Fleck, mehr nicht. Der andere konnte von Glück reden.

Nach dem Nachtessen machten sie einen kurzen Abendspaziergang ins Dorf. Der andere hatte die

weichsten Schuhe angezogen, die er besaß. Die Knöchel, lammfellumschmeichelt, schmerzten nicht mehr. An der Bar des Hotels Arnika tranken sie einen Whisky und ließen die Füße vom Hocker baumeln. Freddy sah, wie der tiefe Ausschnitt der Bardame den andern erregte. Eine junge Frau fragte, ob der Platz neben dem andern frei sei. Sie hatten nichts dagegen, daß sie sich setzte, auch nichts, daß sie sich fürsorglich erkundigte, ob der andere allein in den Ferien sei. Freddy merkte, daß die Nähe der Frau den andern reizte. Er gab ihm einen aufmunternden Stoß.
Später sah Freddy zu, wie der andere in ihrem Zimmer die Gürtelschnalle seiner Hose öffnete. Die Frau war nicht einmal erstaunt gewesen, daß er mitging. Vielleicht war es aber doch seine Gegenwart, die den andern störte. Er versagte und mußte sich auch noch Freddys spöttisches Grinsen gefallen lassen, dazu das enttäuschte Gekeif des Mädchens.
Freddy sah, wie den andern Wut und Verzweiflung packten, und mit der Ruhe eines Wissenschaftlers schaute er zu, wie der andere dem höhnisch lachenden Mädchen die Hände um den Hals legte, wie er zudrückte.
Freddy forderte den andern auf, sich anzuziehen, die Gürtelschnalle zu schließen. Sie verließen das Haus. Im Hotel tranken sie aus dem Zimmerkühlschrank einen weiteren Whisky.
Freddy schlief tief. Am Vormittag verließen sie wieder

bei strahlendem Wetter schon früh das Haus, um nach Maloja zu laufen. Freddy stellte mit böser Freude fest, daß dem andern schon nach hundert Metern die Schuhe in die Knöchel schnitten.

»Nur nicht daran denken«, deklamierte Freddy.

In Maloja wartete die Polizei. Ihn ging das nichts an. Es war des andern Sache.

»Nur nicht daran denken«, flüsterte Freddy ihm aufmunternd zu und marschierte tapfer auf die beiden Beamten los.

Der Damenfreund

Weil das Engadin so schön und das Hotel so gut ist, fahren wir seit zehn Jahren im Winter immer an denselben Ort. Das Hotel ist groß genug, so daß man nicht nach dem zweiten Mal schon alle Gäste kennt. Immerhin bleiben manche Gesichter bis zum nächsten Mal im Gedächtnis.

So war es auch mit dem Damenfreund. Ein älterer Herr, über siebzig, eine angenehme Erscheinung, weißes Haar und samtene Flüsterstimme, der sich in jeder Saison einer Dame annahm, jedesmal einer andern. Er bevorzugte ältere Frauen, denen etwas zugestoßen war. In einem Hotel von dieser Größe stößt fortwährend jemandem etwas zu. Auf dem Glatteis vor dem Eingang fällt eine kürzlich am Hüftgelenk operierte und leicht kurzsichtige Dame hin und bricht sich den Fuß. Sie muß ins Spital gefahren werden, kommt nach einer Woche zurück und sitzt den ganzen Nachmittag in der Halle. Der Rauhhaardackel einer korpulenten Münchnerin bekommt plötzlich Durchfall und geht nach zwei Tagen, trotz Konsultation des

Tierarztes, unter Krämpfen ein. Eine nicht mehr ganz junge Industriellenwitwe aus Winterthur leidet, was ihr bisher noch nie passiert ist, am vierten Tag ihres Aufenthalts unter schwerer Herzbeklemmung, vermutlich wegen des Reizklimas im Hochtal.

Immer war der Damenfreund zur Stelle. Er tröstete, er hielt Hände, er flüsterte aufmunternd, begleitete hinkende Damen stützend ins Heilbadzentrum, trank mit einsamen Witwen nachmittagelang Tee und fuhr magenleidende Rauhhaardackel zum Tierarzt ins Dorf.

»Diesmal scheint er nicht hier zu sein«, sagten wir am zweiten Abend nach dem Essen zueinander. Wir sahen auch niemanden, der mit frischem Gips an Krükken hereinhinkte, niemanden, der Trauer trug, keinen Rauhhaardackel, dessen Fell allen Glanz verlor.

Der Direktor kam an unseren Tisch, um uns zu begrüßen.

»Wie geht es?«

»Immer gut, danke.«

»Der Damenfreund ist dieses Jahr ausgeblieben.«

»Der Damenfreund? Ach, der Seelentröster. Ich nenne ihn den Seelentröster.«

»Guter Name. Er scheint nicht hier zu sein.«

»Nein. Er kann nicht. Sie wissen nichts?«

»Was denn?«

Der Direktor setzte sich zu uns, was sonst auch bei langjährigen Gästen nicht seine Angewohnheit ist.

»Also. Er tröstete ja immer alle Pechvögel, insbesondere die weiblichen. Eigentlich ausschließlich die weiblichen. Und es gibt in einem Haus wie diesem jederzeit ein weibliches Wesen, das Trost braucht. Darin war er Klasse. Erinnern Sie sich an die Geschichte mit dem Rauhhaardackel? Die Dame wollte unter Protest unverzüglich abreisen und uns einen Anwalt ins Haus schicken. Der Damenfreund, wie Sie ihn nennen, übrigens heißt er Huber, ganz gewöhnlich Huber, obwohl man etwas viel Exquisiteres erwarten würde, Huber, der Damenfreund, sorgte also dafür, daß die Besitzerin des Rauhhaardackels blieb und schließlich so zufrieden und versöhnt nach Hause fuhr, daß sie für die nächste Saison eine Woche länger buchte.

Als Seelentröster war er unübertroffen. Ich war oft froh, daß es ihn gab. Einmal bot ich an, ihm die Ferien bei uns zu schenken. Er wies das weit von sich, mit ehrlicher Entrüstung, als hätte ich ihm einen unsittlichen Antrag gemacht.«

»Und dieses Jahr fehlt er.«

»Das hat damit nichts zu tun. Das ist eine eigene Geschichte. Letztes Jahr, kurz nachdem Sie hier waren, hatten wir einen Todesfall. Die Tochter einer alten Dame, selbst nicht mehr die Jüngste, erstickte an einem Daunenkissen in ihrem Bett. Sie können sich vorstellen, wie unangenehm das für uns war. Die Mutter brach zusammen, der Arzt gab Spritzen, aber sie nützten wenig. Erst als der Damenfreund sich der alten Frau annahm, konnten wir beruhigt sein. Er veranlaßte alles für die Bestattung. Er ging mit ihr in die Geschäfte, um Trauerkleider zu kaufen. Er setzte die Todesanzeige auf, brachte sie in die Druckerei und schrieb die Adressen. Er empfing den Pfarrer ebenso wie die Leute von der Polizei.

Eine Woche darauf war die Bestattung, und wir wunderten uns, wie tapfer die alte Frau war. Der Damenfreund führte sie am Arm. Er stützte sie, als sie am Grab ihrer Tochter stand. Er saß neben ihr in der Kirche und reichte ihr sein Taschentuch.

Am Abend nach der Bestattung kam die Polizei und nahm ihn fest. Das farbige Tüchlein, das er immer in der Brusttasche trug, war ihm herausgerutscht, als er sich über das Bett gebeugt und das Kissen niedergedrückt hatte. Da er so viele verschiedene Tüchlein besaß, hatte er das eine nicht vermißt.«

»Die Beinbrüche, Beklemmungsanfälle, Dackeltode anderer Jahre, alles sein Werk?«

»Steht zu vermuten, wenn es auch nicht zu beweisen ist.«

»Ein sehr geschickter Regisseur von Unglücksfällen. Und wozu?«

»Damit er trösten konnte.«

»Ließ er sich wenigstens von den Damen den Aufenthalt hier bezahlen?«

»Nein, das hatte er nicht nötig. Er ist wohlhabend.«

»Und was ist aus ihm geworden?«

»Er ist verurteilt und sitzt.«
»Dann kann er sein letztes Opfer nicht trösten.«
»Aber doch. Die alte Dame, habe ich gehört, besucht ihn wöchentlich in der Strafanstalt, und die beiden sollen beabsichtigen, zusammenzuziehen, sobald er frei ist.«

Der Wunschsohn

Sie saßen wie jeden Abend nach dem Nachtessen in der Hotelhalle. Arthur las Zeitung, Marianne einen der dicken Romane. Sie las nicht sehr aufmerksam, sondern ließ sich von den Leuten ablenken, die vorübergingen. Freundlich nickte sie der einen oder dem anderen zu. Die meisten kannte sie, wenigstens vom Sehen. Sie und Arthur kamen seit Jahren jeden Februar für zehn Tage hierher.

Am gewohnten Platz im hinteren Teil der Halle saß »die Familie«, so nannten Arthur und Marianne sie. Eine wirkliche Familie, wie man sie sich wünscht: Mutter, Vater, drei Kinder, ein Sohn und zwei Töchter, und der Großvater. Wohlhabende Leute, das war ihnen anzusehen, besonders den vielen Seidenkleidern der Frau. Das Erstaunliche an der Familie war, daß die drei Kinder Jahr für Jahr mitkamen, obwohl sie längst aus dem Alter heraus waren, in dem Kinder mit den Eltern in die Ferien fahren. Die beiden Mädchen waren etwa zwanzig Jahre alt, der Junge etwa siebzehn.

»Da sieht man, was eine gute Erziehung ausmacht«,

sagte Marianne, und mit Wohlgefallen beobachtete sie die Familie, vor allem den Sohn. Wenn sie mit Arthur über ihn redete, nannte sie ihn nur »den Sohn«, und Arthur wußte, wer gemeint war.
Sie konnte sich an dem Sohn nicht sattsehen. Er war auch zu erfreulich anzuschauen, das mußte selbst Arthur zugeben. Nicht besonders groß, war er doch in den Proportionen tadellos, weder zu breit noch zu schmal. Das dunkle Haar modern, aber keineswegs dandyhaft geschnitten und gescheitelt. Mit Brille, die dem Gesicht etwas Zurückhaltendes gab. Am Abend trug er stets einen dunklen Anzug mit hellem Hemd und Krawatte. Wo gab es das noch, einen jungen Mann, der Krawatte trug? Italienische Schuhe, dazu Socken in passender Farbe. »Eine Freude für die Augen«, pflegte Marianne zu sagen.
Diesmal hatte die ältere Tochter einen Freund bei sich. Sie verabschiedete sich an diesem Abend früh, um mit ihm nach oben zu gehen. Zwei oder ein Zimmer? fragte sich Arthur und schaute ihnen nach. Er dachte, daß es zu seiner Zeit, als Marianne und er noch jung waren, in einem solchen Haus nicht üblich war, daß Verlobte in einem Zimmer schliefen. Aber damals waren sie auch nicht in ein Hotel wie dieses in die Ferien gefahren. Man hatte es sich nicht leisten können. Das junge Paar verschwand im Lift. Aber vielleicht waren sie ja auch schon verheiratet.
Marianne hatte keine Notiz von ihnen genommen. Sie

las in ihrem Buch. Als aber wenig später der Sohn vorüberging, um den Kellner zu rufen, hob sie den Kopf.
»Einen solchen Sohn müßte man haben«, seufzte sie halblaut und verträumt, mehr für sich selber als für Arthur. Dieser gab keine Antwort.
Seit kurzem schien sie an ihrer Kinderlosigkeit zu leiden. Inzwischen waren sie beide an die sechzig. Sie hatten sich weder Kinder gewünscht noch keine haben wollen. Sie rannten wie viele andere Paare deswegen nicht von einem Arzt zum andern. Marianne hatte sogar leicht belustigt und deutlich mißbilligend von ihrer Coiffeuse erzählt, die sich schon zweimal hatte operieren lassen. »Und jetzt klappt es trotzdem nicht.«
Für sie war es nie ein Problem gewesen, an wem von beiden es liegen könne. Sie hatten sich auch nicht mit einschlägiger Literatur befaßt. Immerhin hatte Arthur irgendwo gelesen, daß in etwa der Hälfte aller Fälle die Schuld beim Mann sei, wenn man hier von Schuld reden könne. Er fand das von der Natur erstaunlich gerecht und befriedigend.
Er vermutete, daß es bei Marianne mit dem Alter zusammenhing, wenn sie jetzt öfter als früher durchblicken ließ, daß sie bedaure, keine Kinder zu haben. Ihm machte es nichts aus, und er hatte den Verdacht, daß das ein Zeichen seines Egoismus sei. Oder war es nur der Gedanke, den Schatten der Enttäuschung, den

er über seinem eigenen Leben wie über dem seiner meisten Mitmenschen schweben sah, nicht an eine nächste Generation weitergeben zu wollen? Nein, depressiv hätte er sich selber nicht genannt, und der Schatten war durchaus erträglich, wie eine Wolke, die an einem sonnigen Tag zeitweise den Himmel verdunkelt.

Jetzt kam der Sohn zurück. Marianne vermochte kaum die Augen von ihm abzuwenden. Der Sohn trug unter dem blauen Blazer einen gelben Pullover, und sein Gesicht war von der Wintersonne gebräunt. Er sah wirklich ausgezeichnet aus. Arthur wartete darauf, daß sie den gleichen Satz noch einmal flüsterte. Daß sie ihn dachte, sah er ihr an.

Sie tranken ihren koffeinfreien Kaffee aus, standen auf und gingen, nach links und rechts nickend und gute Nacht wünschend, zum Lift. Während Marianne auf den Knopf drückte, holte Arthur den Zimmerschlüssel am Empfang. Der Nachtportier, der immer den Kopf ein wenig schräg hielt und einen von unten herauf anschaute, hatte seinen Dienst schon angetreten und wünschte höflich eine gute Nacht. Fräulein Isabella, die Hotelsekretärin, war nicht mehr da. Fräulein Isabella, so fand Arthur, war einer der Lichtpunkte dieses Hauses. Jung und schön, umgab sie eine natürliche Reinheit, die ihn fesselte. Schade, daß sie schon gegangen war. Er hätte ihr auch gern eine gute Nacht gewünscht.

Sie gingen auf ihr Zimmer. Als er die Tür hinter ihnen

geschlossen hatte, schmiegte sich Marianne an ihn. Sie legte die Arme um seinen Nacken, küßte ihn und sagte: »Ich wünschte, wir hätten einen Sohn wie den Sohn. Es ist nicht gerecht.«

»Denk an die Sorgen, die er uns machen würde.«

»Unserer machte uns keine Sorgen. So wenig wie der Sohn Sorgen macht.«

»Wie kannst du das wissen?«

»Sowas sieht man.«

In den nächsten Tagen sagte Marianne nichts dergleichen mehr. Arthur beobachtete sie zuerst mit Sorge, daß sie bedrückt sein könnte. Aber er stellte erleichtert fest, daß ihr nichts fehlte. Im Gegenteil. Sie freute sich am strahlend blauen Himmel, war manchmal regelrecht ausgelassen, und sie unternahmen miteinander ausgedehnte Touren auf den Langlaufskiern über die gefrorenen Engadiner Seen.

Etwas anderes aber glaubte Arthur festzustellen, und er war ziemlich sicher, daß er sich nicht täuschte. Der Sohn versuchte, ein Techtelmechtel mit Fräulein Isabella anzufangen. Jedesmal, wenn Arthur zur Rezeption ging, um den Zimmerschlüssel aufzuhängen oder nach der Post zu sehen oder eine Briefmarke zu kaufen – Arthur hatte während des Tages oftmals Gelegenheit, an die Rezeption zu gehen –, stand der Sohn dort, lässig an die Theke gelehnt, und erkundigte sich bei Fräulein Isabella nach irgendeinem Unsinn oder schäkerte ganz einfach und unverhohlen mit ihr.

Arthur meinte zu sehen, daß es ihr peinlich war. Und als er eines Abends nach dem Nachtessen den Schlüssel holte, noch bevor sie in der Halle ihren koffeinfreien Kaffee tranken, stand der Lümmel doch wieder dort, und Arthur mußte mitansehen, wie er Isabella unters Kinn griff, ihren Kopf hob und sie zwang, ihm in die Augen zu schauen.
Er machte sich am Poständer zu schaffen, obwohl er wußte, daß dort nichts mehr für ihn lag, in der Hoffnung, den jungen Mann zu vertreiben. Es nützte nichts. Der Sohn drang weiter flüsternd auf Isabella ein. Schließlich mußte Arthur das Feld räumen, auch aus Furcht, nicht länger an sich halten zu können.
Während er und seine Frau auf ihren Kaffee warteten, ging der Sohn an ihnen vorüber, mit roten Ohren, wie Arthur feststellte, um sich hinten zu der Familie zu setzen.
Dreckskerl, dachte Arthur zornig. Und eben, als er es dachte, flüsterte Marianne wieder: »Einen solchen Sohn müßte man haben.« Sie sagte es sehr leise.
»Laß doch den Blödsinn. Du weißt ja nicht, was du redest«, fuhr er sie an, viel zu laut, so daß sie ihn fragte, was ihm denn über die Leber gelaufen sei.
Arthur verschwieg Marianne seine Entdeckung. Er wollte nicht, daß die pubertären Anbändeleien des Sohnes ständiges Thema ihrer Engadiner Tage wurden. Und überhaupt war er sich nicht sicher, wie Marianne die Geschichte aufnehmen würde. Sie wür-

de sie interessant finden, möglicherweise sogar an Fräulein Isabella kein gutes Haar lassen. Etwa so: Schau dir dieses Flittchen an! Hofft, sich einen reichen Mann zu angeln, und macht sich derart schamlos an diesen naiven Jungen heran. Nein, das würde er nicht ertragen, war es doch schon schwer genug, mit ansehen zu müssen, wie der Lümmel Isabella immer unverschämter umschwärmte. Typisch Söhnchen aus besseren Kreisen, meinte wohl, alle Mädchen der Welt seien nur für ihn da und müßten ihm zu Willen sein.

Nach diesem Abend begann Arthur, die Entwicklung der Dinge systematisch zu beobachten. Unter allerlei Vorwänden ging er nun fast jeden Abend ohne Marianne noch einmal ins Dorf, auf einen sogenannten Verdauungsspaziergang, wie er es nannte. Eigenartigerweise hatte Marianne nichts dagegen, daß sie jetzt manchmal auch tagsüber getrennte Wege gingen. Sie klagte plötzlich, die Knöchel schmerzten sie, sie müsse sie auf der langen Tour ins Unterengadin überanstrengt haben, und setzte sich lieber auf einen Liegestuhl vors Haus in die Sonne.

Arthur kam das gelegen. Er brauchte nicht jeden seiner Ausflüge mit Ausreden zu begründen. So konnte er zum Beispiel halbe Nachmittage lang auf der Terrasse des Restaurants in der Nähe des Eisfeldes sitzen und, zwischen Ärger und Eifersucht hin- und herschwankend, zuschauen, wie der Sohn Isabella umkreiste und umgarnte und ihr keine freie Minute ließ.

Und dabei fuhr der Sohn auch noch Schlittschuh wie ein Halbgott. Immerhin fuhr Isabella wie eine strahlende Göttin. Wenn sie in verschlungenen Linien aufeinander zu-, voneinander weg- und erneut aufeinander zuflogen, drehten sich die Leute nach ihnen um, und eine Frau, die in Arthurs Nähe auf der Terrasse saß und Schwarzwäldertorte aß, sagte mit einem tiefen Seufzer zu ihrer Freundin: »So müßte man Schlittschuh laufen können.«
Isabella machte es sichtlich Freude, mit einem guten Partner zu laufen. Sie lachte laut, daß es Arthur ins Herz schnitt. Gern hätte er sie abgepaßt, ihr väterlich den Arm um die Schultern gelegt und gesagt: »Lassen Sie sich von dem Jungen nicht beeindrucken. An dem ist doch nichts dran, ist ja noch naß hinter den Ohren. Isabella, glauben Sie mir, ich bin Ihr Freund. Ich meine es wirklich gut mit Ihnen. Und als Ihr Freund rate ich, nein, befehle ich Ihnen: Hände weg von dem jungen Mann, was sage ich, diesem Knaben. Das Geld im Hintergrund sollte Sie nicht blenden. Bitte, Isabella, mir zuliebe.«
Aber er ging ohne Isabella heim, und als sie am Abend wieder in der Rezeption stand, mit leicht gerötetem Gesicht, sagte er selbstverständlich nichts, obwohl der Sohn ausnahmsweise einmal nicht da war. Übrigens hatte Marianne bei seiner Rückkehr weder draußen im Liegestuhl gelegen noch in einem der weinroten Plüschsessel in der Halle auf ihn gewartet, auch im

Zimmer war sie nicht. Es sei ihr eingefallen, daß sie noch ihren Langlaufdress waschen mußte, aber kein Waschmittel dabei habe. So sei sie ins Dorf einkaufen gegangen. Arthur erschrak. Hoffentlich hatte sie ihn nicht auf der Terrasse sitzen und zum Eisplatz hinüberstarren sehen. Aber sie sagte kein Wort davon, nur: »Ich glaube, ich habe den Sohn zusammen mit dem Ding von der Rezeption Schlittschuh laufen sehen.«
»Das ist doch nicht möglich«, war alles, was ihm als Antwort einfiel. Entgegen seiner Befürchtung blieb es bei dem einen Satz Mariannes, und sie kam auch im Laufe des Abends nicht mehr darauf zurück, obwohl sie den Sohn, als er im Speisesaal an ihrem Tisch vorbeiging, so anhimmelte, daß Arthur dachte, alle Leute müßten es merken.
Ein anderes Mal folgte Arthur Isabella und dem Sohn bis ins Fextal. Sie waren ohne Skier, er auch. Als er, hundert Meter hinter ihnen und immer darauf bedacht, den Abstand nicht kleiner werden zu lassen, mitansehen mußte, wie der junge Mann nach Isabellas Hand grapschte, flehte er die Berge an, einzustürzen oder wenigstens eine gewaltige Lawine zu Tal zu schicken. Aber keine Lawine kam, und die Berge standen uninteressiert und blöd da, und Arthur lief blutenden Herzens hinter den zweien her bis zum Restaurant »Sonne«, wo sie einkehrten und wohin er ihnen nicht folgen konnte, wenn er nicht erkannt werden wollte.

Also stapfte er an dem Wirtshaus und der kleinen Kirche vorüber und schritt tapfer weiter. Er hätte sich am liebsten Kopf voran in den nächsten Schneehaufen gestürzt und mit den Fäusten um sich geschlagen.
Auf dem Rückweg traf er Marianne. Sie habe bei dem schönen Sonnenschein doch nicht nur vor dem Hotel sitzen können. Hand in Hand trotteten sie zurück. Und nachdem sie sich etwas hingelegt hatten, gingen sie um halb acht zum Abendessen hinunter. Arthur hängte vorher noch den Schlüssel an der Rezeption auf und warf bei dieser Gelegenheit Isabella einen strafenden Blick zu.
Die Geschichte wurde immer auffälliger. Eines Tages kam Arthur gerade dazu, als der Sohn sich zu Isabella über die Theke beugte und ihr einen richtigen Kuß auf den Mund gab. Und weder der Sohn noch das Mädchen schienen Anstoß daran zu nehmen, daß Arthur Zeuge dieser Ungeheuerlichkeit war. Was, wenn er es der Direktion meldete? Er fragte sich, ob er nicht dazu verpflichtet sei, um Isabellas willen. Dann stellte er sich jedoch das grinsende Gesicht des Direktors vor. Erst am Tag vorher hatte er gesehen, mit welchen Blicken dieser Herr einem jungen Mädchen nachgeschaut hatte. Arthur unterließ es lieber. Er konnte nur abwarten. Der Krug geht solange zum Brunnen, bis er bricht.
Er brach in der Nacht vor Arthurs und Mariannes Abreise. Sie hatten länger als sonst im Speisesaal ge-

sessen. Der Hotelier war noch gekommen und hatte eine besondere Flasche Wein spendiert.
»Wissen Sie, daß Sie dieses Jahr zum zehnten Mal bei uns Ferien gemacht haben?«
Arthur und Marianne hatten nicht daran gedacht. In ihrem Zimmer sagte Arthur, der den vielen Wein spürte, er wolle sich draußen noch ein wenig die Füße vertreten. Marianne gab vor, daß ihre Füße schmerzten. Arthur zog sich an. Mittlerweile war es schon elf Uhr geworden.
Er hatte kein besonderes Ziel. Er stapfte durch die Schneeverwehungen in Richtung Sils. Von Maloja her blies ein scharfer Wind, der Himmel war klar, und über den Bergen stand leuchtend und weise der volle Mond. Die Nacht war hell.
Kurz vor dem Dorfeingang machte Arthur kehrt, nicht ohne eine kleine Enttäuschung in sich niederkämpfen zu müssen. Hatte er erwartet, um diese Zeit Isabella auf der Straße anzutreffen? Das wäre ein glücklicher Zufall gewesen. Warum ereigneten sich glückliche Zufälle nie, wenigstens nicht für ihn?
Gleich neben dem Hotel gab es einen Stall, wo noch Vieh gehalten wurde. Vor der Stalltür lag immer ein wenig Stroh. Da sah Arthur etwas im hellen Mondschein liegen. Eine Mütze. Eine hellblaue Wollmütze mit einer Quaste. Eine Damenmütze. Arthur ging zum Stall und hob die Mütze auf. Es war Isabellas Mütze.
Er hatte ihr fast jeden Abend zugeschaut, wie sie die

hellblaue Wollmütze mit der großen Quaste über die Haare zog, wenn sie nach Hause ging.
Arthur hielt Isabellas Mütze in der Hand. Ihm wurde heiß. Da hörte er aus dem Stall einen Laut. Es war nicht das Geräusch der Kühe, eher unterdrücktes Lachen. Arthur ließ die Mütze fallen und ging vorsichtig um die Ecke. Hier gab es ein kleines Fenster. Er stellte sich auf die Zehenspitzen und blickte hinein. Von der andern Seite drang die Helligkeit des Mondes durch ein zweites Fenster und beleuchtete Rücken und Hinterteile der Kühe.
Und dann sah Arthur auf einer Schütte Stroh im Stallgang Isabella liegen, Mondlicht im Gesicht, und der reiche, verwöhnte Kerl lag auf ihr.
Arthur vergaß zu atmen. Blut schoß ihm in den Kopf. War das Mädchen nackt? Der Junge hatte die Hose bis in die Kniekehlen hinuntergeschoben.
Arthur hörte hinter sich Schritte auf dem gefrorenen Schnee. Er sah, wie Marianne vom Hotel auf den Stall zukam, stehenblieb, lauschte und dann um die andere Ecke verschwand.
Arthur trat in das Mondlicht hinaus. Er konnte jetzt nicht sofort ins Zimmer zurückgehen. Er wollte Marianne nicht zwingen, Erklärungen abzugeben, wenn sie nach ihm kam. Er ließ eine gute halbe Stunde vergehen, marschierte noch einmal bis in die Nähe des Dorfeingangs, ehe er umkehrte. Kein Mensch begegnete ihm.

Auch an der Rezeption war niemand. Der Nachtportier leerte die Aschenbecher in der Halle.

Marianne lag schon im Bett. An ihren Schuhen, die sie neben die Zimmertür gestellt hatte, klebte Schnee.

»Du warst lange weg«, sagte sie.

»Es ist ein wunderbarer Vollmond draußen«, gab er zur Antwort. Dann steckten sie sich Ohropax in die Ohren.

So hörten sie nicht den Lärm der Autos, die eine Stunde nach Arthurs Heimkehr vorfuhren, und sie sahen nicht die Polizei aussteigen. Der Bauer hatte um halb eins in der Nacht noch einmal in den Stall geschaut, weil eine seiner Kühe kalben sollte. Dabei hatte er im Stallgang auf der Schütte Stroh, die dort schon für das Kalb bereit lag, die Leichen eines jungen Mannes und der Hotelsekretärin gefunden. Beiden war der Schädel eingeschlagen worden, das Holzstück lag blutverschmiert daneben.

Arthur und Marianne erfuhren von dem Mord erst beim Frühstück. Sie schauten einander an. Für Arthur war die Sache von Anfang an klar: Marianne hatte es getan. Etwa eine Stunde tot, als sie gefunden wurden, lautete der Befund des Gerichtsmediziners. Die Zeit stimmte. Marianne mußte aus dem Fenster geschaut haben. Vielleicht zufällig, oder war sie möglicherweise Zeugin der Abmachung zwischen dem Sohn und Isabella geworden? Jedenfalls schaute sie aus dem Fenster, als Arthur unterwegs war, und sah den Sohn und Isabella im Stall verschwinden, unmittelbar bevor er die Mütze des Mädchens bei der Stalltür gefunden hatte. Hatte Marianne ihn gesehen? Er hoffte es nicht und glaubte es auch nicht. Es sei denn, sie hätte sich seit gestern abend großartig verstellt. Marianne mußte dann zum Stall hinübergelaufen sein. Sie schaute durch das Fenster, drang, wütend enttäuschte Rachegöttin, in den Stall ein und erschlug Isabella und den Sohn.

Die Polizei stellte allen Fragen. Bis zu Marianne und Arthur kam sie jedoch nicht.

Arthur hatte es plötzlich eilig. Er wollte nicht bis zum Mittagessen bleiben. Bei Isabellas verheulter Kollegin bezahlte er die Rechnung, packte die Koffer ins Auto und schnallte die Skier auf dem Dachträger fest.

»Wiedersehen, bis zum nächsten Mal. Tut uns leid, diese Geschichte. Gute Fahrt, bis auf bald. Ja, natürlich, wir reservieren wieder dasselbe Zimmer für Sie.«

Sie redeten bis Silvaplana kein Wort. Und auch während der Auffahrt zum Julier redeten sie nicht. Einmal war Arthur in Versuchung, den Wagen über den Straßenrand zu steuern. Aber der Schneewall wäre zu hoch gewesen.

Eines war ihm klar: Mit Marianne konnte er nicht weiterleben. Sie hatte Isabella umgebracht. Er überlegte, wie er Marianne umbringen könnte. Warum sie nicht aus dem Wagen locken und in eine Schlucht hinunterstoßen? Kein Mensch würde ihm nachweisen können, daß es nicht ein Unfall war. Oder Selbstmord aus Verzweiflung über die begangene Tat.

Nach der Paßhöhe sagte Marianne leise: »Es wird kein nächstes Mal geben. Ich komme nie mehr mit dir in die Ferien. Du hast die beiden erschlagen. Du bist ein Mörder.«

Arthur holte tief Luft. Das war der Gipfel der Verschlagenheit. Sie versuchte, ihm die Sache in die Schuhe zu schieben.

»Widersprich nicht«, sagte Marianne. »Ich habe dich bei dem Stall stehen sehen. Schon lang bist du dem Mädchen nachgestrichen. Und meintest, ich merkte nichts. Ich werde dich anzeigen.«

»Ich habe dich auch gesehen«, wollte er sagen und ihr ins Gesicht schreien, daß sie eine gemeine Mörderin sei. Aber er kam nicht mehr dazu. Vor ihnen stand, quer über die Straße, ein Polizeiwagen. Arthur mußte anhalten. Einer der Polizisten trat ans Fahrzeug.

»Ihre Papiere.«

Arthur reichte sie ihm. Nachdem der Polizist sie gelesen hatte, sagte er: »Ich muß Sie festnehmen. Beide.«

Arthur fragte nicht, weshalb. Sie wurden in das Polizeiauto gesetzt, Marianne vorn, Arthur hinten. Man fuhr zurück, über die Paßhöhe und wieder hinunter in Richtung Engadin. Sie hatten eben Silvaplana erreicht, als sich der Funk meldete.

»Margna zwo von Margna eins. Antworten.«

»Margna eins von Margna zwo verstanden. Antworten.«
»Verstanden. Wo seid ihr? Antworten.«
»Verstanden. Einfahrt Silvaplana. Antworten.«
»Verstanden. Habt ihr sie? Antworten.«
»Verstanden. Ja, wir bringen sie mit. Antworten.«
»Verstanden. Schonend behandeln. Wir haben soeben den Täter gefaßt.«
»Was? Ich meinte –«
»Margna zwo, bitte nicht die Funkregeln vergessen. Die beiden kommen nicht in Frage. Der Nachtportier hat ein Geständnis abgelegt.«
«Verstanden. Fertig.«
Der Fahrer hängte das Mikrophon ein. Der Polizist hinten rückte ein wenig von Arthur ab.
Sie brauchten nichts zu verschweigen und sagten alles, was sie wußten. Der Untersuchungsrichter bedankte sich ausdrücklich bei ihnen.
»Sie haben uns sehr geholfen.«
Der Hotelier bot ihnen an, eine Nacht gratis im Hotel zu bleiben, nachdem die Aussagen am Nachmittag abgeschlossen waren. Der Nachtportier hatte den Mord aus Eifersucht begangen. Er hatte geglaubt, Isabella habe in der letzten Saison seine Annäherungsversuche erwidert und lasse ihn nun wegen eines reichen Schnösels sitzen.
Arthur und Marianne schauten sich an.
»Ich denke, wir fahren doch lieber heute noch.«

Die Polizei hatte ihnen freundlicherweise den Wagen bis vors Haus gebracht.
»Also bis zum nächsten Jahr«, sagte der Hotelier.
»Bis nächstes Jahr«, antworteten Arthur und Marianne wie aus einem Mund.

Ulrich Knellwolf, geboren 1942, aufgewachsen in Zürich und Olten; Abitur an der Kantonsschule Solothurn, Studium der evangelischen Theologie in Basel, Bonn und Zürich. Seit 1969 Pfarrer, zur Zeit an der Predigerkirche in Zürich. 1990 Promotion zum Dr. theol. an der Universität Zürich mit einer Arbeit über *Gleichnis und allgemeines Priestertum. Zum Verhältnis von Predigtamt und erzählendem Werk bei Jeremias Gotthelf.* Veröffentlichte 1986 das Hörspiel *Zwinglis Nacht,* 1989 die Weihnachtsgeschichten *Ein roter Teppich für den Messias.* 1992 erschien bei Arche sein Kriminalroman *Roma Termini,* der bereits in 3. Auflage vorliegt.

Inhalt

Ulrich Knellwolf
Roma Termini
Kriminalroman
243 Seiten. Gebunden

Ein spannender Kriminalroman über Drogen- und Waffenhandel und über das Verhältnis der Kirche zur Macht. »Seine anglikanischen Geistlichen, lutherischen Pastoren, römischen Prälaten und lateinamerikanischen Eminenzen sind mit so viel entlarvender Ironie gezeichnet, daß es bisweilen schwerfällt, sie als bloße Erfindungen eines Zürcher Pfarrherrn zu betrachten.«
Klara Obermüller, Weltwoche

Peter Zeindler
Das Sargbukett
oder Sophies erster Fall
Kriminalroman
139 Seiten. Gebunden

Hamburger Friedhöfe, eine zwielichtige Trauergesellschaft, Gedenkstunden in einem Nobelhotel und im Mittelpunkt: Sophie, charmant und couragiert, an die siebzig, zierlicher als Miss Marple, aber nicht weniger forsch. – Peter Zeindler hat einen neuen, amüsanten und spannenden Kriminalroman geschrieben.

Peter Zeindler
Feuerprobe
315 Seiten. Gebunden

»Peter Zeindler schildert den mühsamen, schmutzigen Ausstieg eines Stasi-Agenten im Westen nach dem Ende der DDR, das ja nicht das Ende der Stasi war. Es ist eine trübe Story von Treue und Verrat, Manipulationen, Skrupellosigkeit und menschlichem Elend. Knapp und hart, atmosphärisch dicht und überzeugend, mit präzisen Charaktervignetten – Zeindler gehört zu den Besten des Thriller-Gewerbes, und vielleicht muß man Schweizer sein, um Deutsch-Deutsches derart souverän zu sezieren.«
Gisbert Haefs, DIE ZEIT

Peter Zeindler
Der Schläfer
Agentenroman
303 Seiten. Gebunden

Ehemalige CIA- und KGB-Agenten sowie Stasileute verwickeln einen Schweizer Journalisten in ein neues lukratives, aber gefährliches Geschäft: den internationalen Drogenhandel zwischen West und Ost ...